Peter Rosegger, Robert Hamerling

Zither und Hackbrett: Gedichte in obersteierischer Mundart

Peter Rosegger, Robert Hamerling
Zither und Hackbrett: Gedichte in obersteierischer Mundart
ISBN/EAN: 9783743411395
Hergestellt in Europa, USA, Kanada, Australien, Japan
Cover: Foto ©Andreas Hilbeck / pixelio.de

Manufactured and distributed by brebook publishing software (www.brebook.com)

Peter Rosegger, Robert Hamerling

Zither und Hackbrett: Gedichte in obersteierischer Mundart

Zither und Hackbrett.

Gedichte in obersteierischer Mundart

von

P. K. Rosegger.

Mit einem Vorworte von Robert Hamerling.

Graz und Leipzig.
Druck und Verlag von Josef Pock.
1870.

Vorwort.

„In einem einsamen Bauernhofe Obersteiermarks" — so erzählte der Dichter dieses Büchleins dem Herausgeber desselben seine Geschichte — „kam ich zur Welt im Sommer des Jahres 1843. Um das Haus standen hohe Tannen und durch die Fenster der Stube hatte man die Aussicht weit hin über Wälder und Berge in die Alpen. Es gingen immer kalte Winde und auf den Feldern wuchs nur Roggen und Haber. Ich war immer mit dem Vater auf dem Feld oder im Wald, wo er das Brennholz spaltete, oder bei der Mutter auf der Wiese, wenn sie für die Kühe das Futter mähte. Der Vater verstand sich auf Zither- und Hackbrettspielen und die Mutter wußte viele Lieder und Geschichten. — Als ich älter wurde und das Kinderröcklein mit der Hose vertauschte, mußte ich die Schafe hüten, aber nachdem ich das siebente Jahr erreicht, durfte ich dem Vater schon im

Holze helfen und Sonntags mit ihm in die Kirche gehen. Es war weit hin — wir gingen früh Morgens fort und kamen erst am späten Nachmittage heim. Im Dorf war auch eine Schule und ich hätte gerne lesen gelernt, aber der Weg dahin war weit, und zudem konnte man mich zu Hause nicht entbehren, da der Vater sonst keinen Gehilfen bei der Arbeit hatte. Aber ich sollte doch noch lesen und schreiben lernen. Um dieselbe Zeit nämlich kam ein alter, brotloser Schullehrer in unsere Gegend und der ging in die wenigen zerstreuten Bauernhäuser auf die Kost herum und unterrichtete dafür die Kinder. So erhielt auch ich Anleitung im Lesen und auf mein dringendes Bitten auch im Schreiben. Zum Viehhüten nahm ich das Schulbuch und die Schiefertafel mit und suchte mich in den Wissen= schaften auszubilden. — So vergingen Jahre. Der alte Schullehrer war schon lange todt und ich schaffte im Hauswesen mit meinen Eltern und den jüngeren Ge= schwistern, um das tägliche Brot zu erringen. Ich dachte viel über meine Arbeit hinaus und wie schön es wäre, wenn ich so Bücher hätte, wie der Pfarrer, und Zeit zum Lesen. In Krieglach, meinem Pfarrorte, der drei Stun= den von uns entfernt war, lebte eine gute, alte Frau, die mir Bücher lieh. Da kam mir auch einmal, es war im Jahre 1858, ein Volkskalender zur Hand und ich fand darin eine Dorfgeschichte „Der Zierthalerhof" von August Silberstein, welche mir außerordentlich gefiel und etwas ganz Sonderbares in mir wachrief. Ich las den Kalender mehreremale und versuchte es selbst, dergleichen zu schreiben. Von dieser Zeit an wurde es anders in mir; die halben Nächte saß ich beim Kienspan und schrieb und schrieb allerlei wunderliches Zeug durcheinander. Der Nachbarschaft gefiel das nicht — das würde keinen tüchtigen Bauer geben, meinte sie, und mir war selbst schier so, und weil ich auch eine schwächliche Natur hatte, so entschloß ich mich zum Handwerkerstand. Ich kam zu einem Schneidermeister und habe mit demselben vier Jahre ein wahres Nomadenleben geführt. Wir zogen von einem Bauer zum andern und am Samstag ging ich immer wieder heim zu den Eltern und las und schrieb die Nacht und den Sonntag hindurch. Da fiel es mir einmal ein, Gedichte, wie ich sie gemacht hatte, nach Graz an die Redaktion der „Tagespost", welche Zeitung beim Wirth im Dorfe auflag, zu schicken. Das war mein Glück. Der Redakteur, Herr Dr. Svoboda, schrieb mir, daß ich Talent habe und daß er Alles aufbieten werde, meiner Lebensbahn eine andere Richtung zu geben, ich möge ihm nur alle meine Schriften, — deren ich wirklich schon mehrere Pfunde vorräthig hatte — zusenden. Durch einen längeren Aufsatz in der „Tagespost", in welchem Herr Dr. Svoboda in menschenfreundlicher Weise auf mich hinwies und ein Wort für mich einlegte, wurden edle Menschen veranlaßt, sich meiner anzunehmen. Das war im Dezember des

Jahres 1864 und zwei Monate später siedelte ich über nach Graz. Nun begann meine Bildung. Die Akademie für Handel und Industrie bot mir in gastlichster Weise einen Freiplatz, der Großindustrielle Herr Reininghaus, der Direktor Herr Dawidowsky, die Frau Gemalin des Landesausschusses Reicher, die Herren Dr. Svoboda, Dr. Steiner, Kleinoscheg, Dr. Rechbauer, Ritter von Martini, Prof. Falb, Oberst Födransperg u. A. ermöglichten mir durch großmüthige Spenden meinen Unterhalt.

Seitdem sind vier Jahre der angestrengtesten Arbeit vorübergegangen; mit allem Fleiß habe ich nachzuholen gesucht, was ich in der früheren Jugend versäumte. Was ich nun an Wissen und Einsicht besitze, das habe ich den flüchtigen Stunden in bitterem Kampfe abringen müssen; es ist mir schwer geworden bei allem Gefühle des Glückes. Aber im Ernste des neuen Lebens habe ich die süßen, heiteren Klänge der Heimat nicht vergessen; überall im Stadt- und Weltgewühl haben mir vom Hochland Zither und Hackbrett ihre Lust und Sehnsucht zugeklungen — sie sind mein Trost und meine Labe gewesen!" --

Dieser Mittheilung ist nur hinzuzufügen, was das Titelblatt schon verrathen, daß das lyrische Manuskript des jungen obersteirischen Sängers in die Hände eines Mannes kam, der zwar nicht volksthümlich geartet als Poet, aber wie Rosegger aus dem Volke hervorgegangen,

Alles Ländlich-Volksthümliche verwebt empfindend mit dem Zauber seiner ersten Jugenderinnerungen aus dem niederösterreichischen Waldlande, hat er die Lieder seines jüngern Sangesbruders aus den steirischen Bergen mit Sympathie und Freude durchlesen, glaubt es aber auch rechtfertigen zu können, wenn er in dieser seiner Herzensfreude das Liederbüchlein des jungen Freundes in die Oeffentlichkeit einführt. Jener nicht mehr enge Kreis, der, seit etlichen Jahren bereits auf das prächtige Talent Roseggers aufmerksam geworden, umfassenderen Proben mit Spannung entgegensah, wird dem Herausgeber Dank wissen, und entschuldigen mindestens werden ihn Alle, die nicht vergessen, daß es ein erst seit vier Jahren den bäuerlichen Verhältnissen entrissener Jüngling ist, dessen Versuche sie vor sich haben. Es ist undenkbar, daß nicht jeder Leser in dieser Sammlung auf Lieder stoße, die ihm zu den frischesten und lieblichsten Blüten volksthümlicher Alpenlandespoesie zu gehören scheinen. Wer aufmerksamer liest, wird in den meist heiteren Klängen auch ein ernsteres, sinnigeres, tiefer angelegtes Dichtergemüth nicht verkennen, von welchem die Gedichte in hochdeutscher Mundart, welche Rosegger gedichtet, und welche für diesmal noch zurückbehalten bleiben, in höherem Maße Zeugniß geben werden. Diejenigen, welche in dem lyrischen Blütenflor, den wir darbieten, noch manche nicht ganz erschlossene, vor dem vollen Aufblühen gepflückte Knospe zu finden meinen, hoffen wir durch die Andeutung zu versöhnen, daß im gegenwärtigen Momente, wo der junge Poet die Anstalt, in welcher er bisher gebildet worden, verläßt, und das Auge der Menschenfreunde, deren großmüthiges Walten ihm den neuen Lebensweg erschlossen, auf ihn gerichtet ist, um nach dem Ergebniß mehrjähriger Fürsorge, nach der Erfüllung gespannter Erwartungen zu fragen — die Gestaltung der Zukunft Roseggers davon abhängt, daß die Legitimation seiner dichterischen Geltung nicht länger hinausgeschoben wird.

Graz, 1. Juni 1869.

Robert Hamerling.

Da Steirer.

Wia ih war geborn
War mein erste Fro*):
„Gibts a Olmalond,
Is' a Diandl do?"
Hätts ka Gamsl ghobt,
Hätts ka Diandl gebn,
Wär ih gor nit eina
In dos Lebn.

Mittn in Gebirg
Auf da Felsnwond;
's Diandl an da Seit;
's Stutzerl in da Hond;
Und a Herz in Leib,
Und a Treu ah drin:
Gott sei Donk, daß ih
A Steirer bin!

---
†) Frage.

Wann holt 's Gamsl schreit,
Und da Schildhahn pfolzt:
Wann holt 's Stutzerl knollt,
Und holt 's Busserl schnolzt;
Wann da Kaisa ruaft,
Und erst 's Pulva brennt;
Nocha bin ih in
Mein Element!

Aba, wann ma mir
Meine Rechtn raubt;
Neama 's lusti Bussln,
Neama 's Jogn dalaubt;
Wann a fremda Wind
Waht ins Lond herein:
Nocha mog ih völli
Neama sein!

Jo, der Obersteirer
In sein Hüttl drin;
Ohne Diandl liabn,
Ohne lustign Sinn;
Ohne Olmaluft,
Ohne Freiheit z'gspürn,
Konn er gor nit, gor nit
Existirn!

Mei Morgngebet.

Werd ih munta, so bet ih mei Morgngebet
Und schau auf d' Olm — hopassa!
Weil doscht auf der Olma da Herrgott steht,
Und mei liabe Schwoagerin ah.
Bitt dih recht schön um an Gottessegn
Und um an kloan — Hopassa;
Gib ma, Gott Vota, viel Sun und Regn
Und — mei liabe Schwoagerin ah.

Roß und Wogn därfast mir ah wul gebn,
Daß ih kunnt fohrn — hopassa!
Sei so guat, loß mih recht glückli lebn,
Und mei liabe Schwoagerin ah!
Hörn sih de gspoasinga Gschichtn auf
Und amal kimmt der oan — Hopassa!
So nimm mih recht freundli in Himmel auf
Und — mei liabe Schwoagerin ah!

's Liad von Jagahansl.

Wann da Auswärts kimmt
Und da Schnee vageaht,
Wann da Schildhahn schlogt
Und da Rehbock bleaht,
Wann die Gamsl hupfn
Übern Wossafoll,
Schau ih kloan vazogt
Ins tiafe Thol.

Wann ih d' Jaga siah
Und auf d' Speikn geh,
Wird ma 's Herz so schwar,
Thuats ma gor so weh;
Wos für Leut und Jaga
Kemmen ollaweil,
Denn ih moan, der is'
Holt nit dabei!.

's war a liaba Schoß
's war a guata Herr;
Scho seit sechzehn Jahrln
Kimmt er neamamehr;
No, in-Wild is' 's recht
Aba mir thuats ohnt,
Mih deucht, ih bin gor nit
In rechtn Lond!

Wann er kemmen is',
Hots mih ollmol gfreut,
Sogt er: „Grüaß eng Gott
Und wia gehts eng Leut?
Lebt da Vota noh,
Wos mochts Muaterl, und
Is' ah 's Schwesterl ollweil
Frisch und gsund?"

Wo die Wond am gfährlichst,
Is' er aufi gwolln *)
Han mih öfta gruma **)
Er wird obafolln,
Han zan Himmel gjammert:
Gott — ih han 'n so gern,

---

*) gegangen.
**) gegrämt.

Thua 'n beschützn, unsern
Guatn Herrn!

Hot er 'o Gamsl g'segn,
Stands ah noh so weit,
Hot er 's Stutzerl gsponnt,
Und hot übri gfeurt;
Glaubts, er hot nix troffn? ·
Na, ih sog engs Olln:
Wo er gschussn hot,
Do is' wos gfolln.

Und auf t' Nocht, do kimmt
Er in mei Hüttl gleih;
Ham a Pfeiferl gracht ollzwen,
Und ah plauscht dabei,
Han eahm Spotzn kocht,
Hot ma s' nit vaschmaht,
Und hot lochad gsogt:
s' wärn delikad!

Auf da gonzn Olm
Und in gonzn Lond
Gibts koan Jaga, der
Sei Soch so guat vastond;
Findst koan bessern Steirer,

Suachst gleih ein und aus;
Ols da guate Monn
Von Oestreichs Haus!

So an guatn Herrn
Werdn ma nit bol kriagn
Wann ma gleih durchs gonze
Steirisch Landl ziagn.
Nimm mih auf o Gott
In dei Woldrevia,
Daß ih mein liabn Jaga
Wieda siah!

Da steirische Bua.

O, 's' Büabl von steirischn Landl,
Is' ollaweil frisch, ohne Rua,
Und wer nit recht tonzn und raufn konn,
Der is' ka steirischa Bua!

Und 's Büabl von steirischn Landl,
Dos traut sih auf d' Höh in da Frua;
Und wer bis um siemi in Federn steckt,
Der is' ka steirischa Bua!

Und 's Büabl von steirischn Landl
Haut topfa fürs Votalond zua;
Und wer sih in Feind nit vor d' Nosn traut,
Der is' holt ka steirischa Bua!

D' Somstanocht.

Ei, losts na, Buam, da Baur hot gschrian,
He! Feirobnd is's, na Gott sei Donk,
Ih ochts ah nit; mir is 's scho recht;
Na, so a Tog is' sagrisch long!

Do luagt a so a Teufls Sunn
Scho, zei *), um vieri übers Brett;
Ei ei, sie frogat weng danoch,
Und wann ma gleih nix gschlofn hätt.

Und nocha lumpst s' so stad und faul,
Just wia's olt Kuahmensch — grod a so —
Ei ei, so schau, daß d' weita kimmst,
Na, wort na du, dir hilf ih noh!

Na, ih bin dumm, wos red ih denn,
Es is' jo guat, wann s' longsam geht;
Werdn lamatirn, wann uns a mol
Ka worme Sunn am Himmel steht!

---

*) sogar.

Ei, ei, jatzt schauts n Michl on,
Schauts, wia er hoamli blinzln thuat,
Jo, jo, er denkt holt ah sein Thoal:
Jo, bei da Nocht war 's Bussln guat!

Die Bäurin bocht an Guglhupf
Und bringt uns Sterz und Milch dazua;
„Ös Buam!" sogt f' drauf „jatzt eßts eng sott
Und aftn schlofts eng aus mit Rua!"

Du, wos hots f' gsogt, jatzt schlofn gehn!
Na, wos a so a Bäurin redt;
Für wos war dann sinst d' Somstanocht,
Ols daß da Bua zan Diandl geht!

Da Tog is' unt, jatzt gehn ma, Buam!
Gebts Ocht, daß eng da Baur nit hört!
Wos sog ih denn, selm gamt *) er scho;
Nur mäuserlstill, daß's Thor nit röhrt!

Jatzt schauts, wia er do umaschleicht,
Is' dos a Neid, ös glaubts mas nit;
Na, meina Seel, ih sog da 's, Bauer;
Wann ft's Weib nit häst, gangst selba mit!

_____
* gudt.

Du Hansl, host bei Zeug bei dir?
Na, na, ih moan holt 's Klarinett,
Geh' spiel a mol an Jodler auf,
Und daß da Holl recht aussi geht!

Jo, meina Seel, wanns d' Engl hörn,
Daß unsa Hansl Musi mocht,
So sollt a untas Trinkgeld aus;
Sie tanzn eng die ganze Nocht!

Jatzt schauts a mol de Sternbln on,
Wia s' gegnanoanda blinzln thoan;
Selm san a zwoa so noh beisomm;
Sie bussln scho — ma sulls nit moan!

Jatzt singa ma an Olma drauf,
Juh! ih bin heunt so vulla Freud,
Ih möcht schier nix ols juchhazn,
Wos losts dann Buam, hobts ös ka Schneid?

Jatzt, wann da Himmel blinzln thuat
Auf b' Somstanocht, und 's Herz is' frei,
Und 's Herz is' rein von olla Schuld
Und geht zan Schotz, vull Liab und Treu:

So is' ma, wia in Himmel obn,
Ols ob ih nie a Baur war gwest;
Mir is', ols wia der ormen Seel,
De unsa Pforra hot erlöst.

Jatzt suachn ma unsre Diandln auf —
So gehn ma, Buam, es wird scho spot,
Einst schlogts eh drei, und koana woaß,
Worum er heunt nit gschlofn hot!

Ih geh jatzt zu mein Lieserl hin,
Ban Kommafensterl gamts jo schon:
„O, grüaß dih, Diandl bin scho do,
Jatzt schau, wos ih da mitbracht hon!

Do host an g'streiftn Fürtazen *),
Den schenk ih da und bitt dih fein,
Na, woaßt, 's is' zwegn da Somstanocht;
Mochs Thürl auf und loß mih ein!

O Somstanocht, o Somstanocht,
Du bist mei Trost die gonze Zeit,
Wannst du nit warst, mei Somstanocht,
Ih zweiflad eh an olla Freud!

*) Schürzenzeug.

's is' wul a rechts G'frött auf da Welt.

Jatzt bin ih scho r netta kreuzkamisch,
Und olls, wos ma kimmt, schlog ih zsomm;
A buglade Kraxn vull Gfrötta,
Dos is' für de Welt da recht Nom!
Do muaß ma sih schintn und martern
Und hot noh ka Brot und ka Geld;
Aft is' ma noh um und um schuldi,
's is' wul a rechts Gfrött auf da Welt.

Und orbeitt ma gleih die gonz Wochn,
So hoaßts noh am Somsta: „Puff wix;
Geh borg ma, in vierzehn Togn zohl ih —"
In vierzehn Johrn hot ma noh nix!
Und kauft ma a Brot um dreißg Kreuza,
So steckt mas in Leiblsock ein;
Die Küah gebn scho long mehr koan Butta,
Und d' Wirtsleut vapanntschn in Wein.

Und geht ma zan Bäckn um Semmeln,
Und wann ma a drei, a vier nimmt;
So muaß ma beileib nit z'viel wacheln, *)
Daß koani ins Aug eini kimmt.
Und wos mih noh gift, dos san d' Heana,
De dummen, de tolkadn Thier;
Jatzt denkts engs, die Oar **) mochn s' kleana
Und selba san s' ollweil zaundürr!

A Weib nur, zan Speanzln und Fressn,
Und Kinda, daß 's wuaslt in Haus;
„A Brot!" schrein s' und tägli wöllns essn,
Na, do kimmt da Teufel nit draus.
A Häusl mit fünfunddchzg Spreitzn,
Und follt oane aus, so brichts z'som,
A Wond vulla Mosn und Lukn
Und &' Flötz ***) vulla Graffl und Schlom!

An Rock vulla Fleckl und Lückl,
An Huat, der noh d' Süudfluth hot gsegn
Und Stiefl, daß ma s' so zan onschaun
In Oltathumskostn kunt legn. —
Bin kronk und han d' Wossasucht, s' Fiaba

---

*) fächeln.
**) Eier.
***) Fußboden.

Hon b' Huastn ah hint und vor schon;
Hätt' ih b' Weinsucht, dos war ma weit liaba,
Ih zapfad 'n Bauch a mol on!

Jatzt kemen ma b'Schuldner und schrein gleih
Wia b' Rauba: „Mir hättn gern 's Geld,
Sinst lossn ma dih schatzn und pfändn!"
Is' dos nit a Gfrött auf da Welt?
Jatzt richt ih a Mausfolln vor 's Häusl,
Und kemen de Leut um mei Brot,
So gehn s' nocha eini in b' Mausfolln,
Aft schlogt s' a mol Olle maustod.

Da Kritisira.

D Leut werdn jatz narisch,
Nu siah ih 's schon ah;
D' Welt kunnt nit dump sein,
Wann j' an Irrngortn wa!
Jatz kimmt, han ih ghört scho
Die Zwisleh *) auf,
Thoan liabln die Gschwister
Und heirathn drauf.
Und d' Schul wölln j' jatz trena
Von da Kirchn, sogor,
Und mir ham 's just zsombaut
Vor ondertholb Johr. —
Und Olls wölln j' jatz neu ham
De Gscheidtn, na jo!
So bracht ih 's oft Hinwerdn
Doh ah a mol o!

———

*) Zivilehe

Aba sie goamatzn obe *)
So gscheidt daß s' sinst sein,
Und in d' Höll fohrn s' gor nobl
Mit der Eisnbahn ein!
'n Telegrafn den s' hom,
Hot da Teufel aufgricht,
Daß er woaß, wann er 's holn därf,
Dos herrische G'schlicht!
D' Stern kemen ah o,
San eahna zweng liacht,
Da Herrgott sullt Gas brenna,
Daß ma wos siacht!
Mit 'n Dampf wölln s' Olls zwinga,
Wia 's gaustert und pufft,
Zletzt sprengen s' uns d' Welt
Mitn Dampf noh in d' Luft!
Mih giftn de Zeitunga,
Weil s' gor a so lüagn,
Do posln s' uns on, daß
S' a Geld von uns kriagn.
Znachst hon ih ma d' Ockabau=
Zeitung ongschaut,
Wos wissn de Stodtleut,
Wia ma an Ocker onbaut!
Dos hom ma vastondn

---
*) sterben.

Ehe ös uns habts gsot,
Wann mir nit warn, hätts eh
Nix z' lebn in da Stodt.
Brauchts a Kost, san ma guat,
Brauchts a Geld, san ma recht,
Aba daß uns sinst onschauats,
San ma viel z' schlecht.
Do hoaßts, 's is' gleih guat,
Is' a latschada Baur;
Der woaß 's nit und kennts nit,
Is' 's süaß oba saur.
Dos kenna ma schon!
Und mir loan uns nit fean *)
Und mir nehma nix on,
Is' 's va Graz oba Wean!
Ka Teufel glaubts, wia ma san,
Der uns nit kennt,
Mir san koani Guatn nit,
Kreuzsagrament!

---

*) foppen.

Expressi.

Es kaprizirt sih ums Geld
Da Wirt auf da Gstätt,
Jatzt zohl ih expressi
Und justament nöt!

Mei Weib is' von Schnurbort drahn
Grod ah ka Freund;
Jatzt los ihn expressi stahn,
Just weil sie greint!

Wann ih a por Flügerl hätt,
Kunt fliagn wie a Taubn;
Zan Diandl expressi nöt,
Grod weil d' Leut glaubn!

Ih kriagad mei Nochbars Dian
Leicht olle Tag;
Ih nimm ma f' expressi nit
Weil ih f' nit mog.

Wann ih nur b' Miazl hätt;
De war nit schiah;
Ih heirat f' expressi nöt —
Weil ih f' nit kriag.

Doppelta Prozeß.

Mei Voter und der olt Nochbar,
De ham an Prozeß,
Und jatzt ham s' scho Schriftn,
Zwen großmächtige Stöß.

Und ih und da jung Nochbar
Ham ah an Prozeß,
Und jatzt ham ma scho Liabsbriaf
Zwen großmächtige Stöß.

Mei Voter und der olt Nochbar,
De streitn wegn an Wold,
Sie moan, es is' die Grenz folsch,
Und giftn sih holt.

Und ih und da jung Nochbar,
Mir ham an onders Stuck;
Er hot ma mei Herzerl gstuhln
Und gibt mas neama zruck.

Und jatzt hot da j u n g Nochbar
Scho gwunga mein Prozeß,
„Mei Herz is' dei!" stehts g'schriebn
In zwen großmächtige Stöß.

Und mei Voter und der olt Nochbar
Ham gsogt in Gottsnom;
So braucht'n ma ka Grenz mehr,
Es kimmt jo so olls zfomm! —

Und mei Voter und der olt Nochbar
Ham vabrennt ihre Stöß;
Mir warn heunt ban Pforra,
Und aus is' da Prozeß!

Wos d' Liab oll's is'.

Liab is' a Rauba,
Möcht in Herzn drin sein;
Und wann ma nit aufmocht,
So bricht's oan holt ein.

D' Liab is' a Vögerl,
In Mai nur fliagts her;
Thuas fonga, schau, späta,
Do kimmts neamamehr.

Und 's Vögerl is' hoamisch,
Mei Herz is' sei Haus;
Jatzt, wann ih ah aufmoch',
Fliagts neamamehr aus.

A hellklingends Glöckl
In Herzn is' b' Liab;
Gib Ocht, daß 's koan Sprung kriagt,
Sinst keits *) nocha trüab!

*) klingts.

D' Liab is' a Wasserl,
Rinnt unta die Bruck,
Und mei Herz is' a Schifferl,
Kimmt neamamehr zruck.

D' Liab is' a Flammerl,
S' entzündt sih so gern,
Und wanns d' damit spielst,
Konnst an Obbrandla wern.

D' Liab is' a Bleamerl,
Recht guat muaßt es pflegn;
Schau, d' Liab braucht a Busserl,
Wia s Bleamerl an Regn.

's luckad Herz.

„Büaberl, wo hoft dann dei Treu?"
„Diandl, verzeih ma 's, de han ih valorn;"
„Valorn hoft es, Büaberl, ei, ei!"
„Znachst, wia ih in d' Hauptstodt bin gfohrn."
„Büaberl, jo wia hoft dann thon?"
„Schau, ih han f' ollaweil in Herzn umtrogn;
Do schaut mih a Stodtmadl on,
Und sauba wars, dos muaß ih sogn!
Aft gibt ma dos Madl a so
A Busserl a feins, ols wia siadhoaßes Blei,
Hot brennt mir in Herzerl a Loh,
Und — aufsagfolln is' ma die Treu!"

A Körberl.

Ih hans holt in Himmel vasprochn,
Daß ih will an Dansiedla wern;
Den Schwur, nu, den han ih jatzt brochn,
Wegn deina, ih han dih so gern!
Nur du bist mei Schotz und dos moan ih;
Geh' g'hoaß *) mas und gib ma dei Hond;
Ih heirat nur dih und sinst koani,
Geh, nimm mei Vasprechn zan Pfond!"

„'n Himmel hosts Treusein vasprochn,
Und host'n nit gholtn, dein Schwur,
Mir kunast es grod a so mochn,
Du bist a nixnutziga Bua!
Da Himmel, jo, der konn dih strofn
Weil 's du'n so host gholtn zan Norrn;
Wos hätt aba ih mit dir z'schoffn,
Wannst mir a so untreu wärst worn;

---
*) verheiß.

Geh, geh nur, ih loß mih nit foppn;
Bo dir han ih b' netta scho gnua;
Du nimmst mih scho nit bei da Koppn,
Du bist a nixnutziga Bua!"

In Herzerl.

In Herzerl mei, do rauscht's und schnurt's,
Ei, ei, wos is' dann drina?
Do wohnt des Nochbars Liesele,
Mei Schatzerl und thuat spinna.

Und ollweil klopft's in Herzerl drein,
Nöt onders, wia die Gspensta,
No jo, es wohnt holt 's Lieserl drein,
Und klopft und klopft ans Fensta.

n' gonzn Tog, die gonze Nocht
Thuat 's Schatzerl drina schoffn;
Und wann's do drina neama klopft,
Is' 's Zeit für mih zan schlofn.

———

Da Mai, da schöan Mai.

Da Mai, da schöan Mai
Is' a gfreuliche Zeit,
Is' die gonz' Welt vull Liab
Und vull Luftborkeit!

In Wasserl drein glonzts,
Und in Lüftn is' s zhörn,
Afn Bamerl stehts gschriebn,
Daß du mei sullst wern!

Und wanns in Lüftn nit wa',
Und in Wasserl nit drein,
So stands noh wo onders,
Wen s Diandl full sein!

———

Därf ih 's Diandl liabn?

Ih bin jüngst vermichn
Hin zan Pforra gschlichn:
„Därf ih s Diandl liabn?" —
„Untasteh dih nit, bei meina Seel,
Wann du s Diandl liabst, so kimmst in d Höll!"

Bin ih vull Valenga
Zu da Muata gonga:
„Därf ih s Diandl liabn?"
„O mei liaba Schotz, es is' noh zfrua,
„Noch funfzehn Jahrln erst, mei liaba Bua!"

War in grossu Nöthn,
Han ihn Vota betn:
„Därf ih s Diandl liabn?"
„Duners Schlangl!" schreit er in sein Zurn,
„Willst mein Steckn kostn, konnst es thuan!"

Wußt nix onzufonga,
Bin zan Herrgott gonga:
„Därf ih 's Diandl liabn?"
„Ei jo freili", sogt er und hot glocht,
„Wegn an Bttaberl han ih 's Diandl gmocht!"

's Busserl.

Busserl vo da Muata, dos han ih in Ehrn,
's is' a Schul, wo mas lernt, bis ma grössa thuat
wern,
Und 's Busserl, dos ma 'n Freund gibt, is' ah
grob ka Schod,
's is' a Prob, ob mas konn; daß 's koan Onstond
nit hot.
A sölchs is' a Busserl, nit worm und nit kolt,
Es brennt nit, es sticht nit und vagehn thuats gor
bold.
Aba 's Busserl von Büaberl, von Diandl in da
Ghoam,
Jo, dos is' 's rechte Busserl, is' in Himmel
dahoam.
Dos holt sih ah nit auf, auf 'n Wangerl oba
Mund —
Dos gruselt furt und grobt sih ein in tiafn
Herznsgrund.

Durt kitzlt 's ollweil, beißt und sticht und zwickt und
hot nit gnua;
Na jo, ma muaß scho noh oans hobn, an oanzigs
gibt ka Rua!

Nächstnliab.

Enerl, ih muaß s ollweil hörn,
D' Leut sogn, ih hätt d Menscha gern.
's is' holt, weil ih christli bin,
's steht jo in da Bibl drin,
Den Nächstn sull ma liabn.
Jatzt sog, wer is' ma näha noh,
Ols wann ih auf 'n Hobastroh
Mih glott zan Diandl zuwischiab,
Es is' na — zwegn da Nächstnliab!

Aba nit z' viel.

A Bisserl konnst scho zan Diandl gehn,
A Bisserl konnst schon an Fensterl stehn,
A Bisserl konnst schon einischaun,
A Bisserl konnst scho klopfn on,
Aba nit z' viel!
Geh klopf nit z' stork, s Glos is' dünn,
A Fensterscheiberl is' bold hin!

Sogts, wos ih eppa thät!

Sogts, wos ih eppa thät,
Wann ih koan Mund nit hätt;
Daß ih nit essn könnt
Gwöhnad ih noh am End;
Und b netta zwegn da Sproch
Frogad ih nix danoch;
Aba ban Diandl lebn
Und nit kinna Busserl gebn;
Sogts, wos ih eppa thät,
Wann ih koan Mund nit hätt!

's is' nit so gfährli.

And ollaweil von Diandl und ollaweil von ihr;
D' Leut, de wern glaubn, ih han sinst nix in mir.
Thuat 's Grillerl nit zirpn in Gortn, der blüaht,
Singts Vögerl nit ollaweil 's nämliche Liab?
Thuats Wasserl nit baschln *), wia vor und wia
eh?
Thuats Winderl nit fachln in Summer und
Schnee?
Thuats Glöckerl nit singa den nämlichn Klong?
Und 's Bluat in mein Herzn, rinnts nit ollweil
sein Gong?
De stoanoltn Liada, de ham ma so gern,
De gfolln uns holt ollweil, so oft daß ma s' hörn.
Drum lossn ma s' holt singa, und sollt uns was
ein,
So wölln ma jo ah, als wia d' Vögerla sein.
Nur singa recht lusti und nit eppa trüab;

---
*) plätschern.

Und daß es sih reimt, so nehma ma d Liab.
Es is' jo nit Alles, wos gsunga wird, wohr;
Sinst wär ih jo selba valiabt bis ans Ohr.
Und sing ih von Busserlgebn, daß ih s gern thua;
Es is' nit so gfährli, ih kimm nit dazua!

An orme Seel.

Es schlogt Mittanocht
Und die Sternbln san hell,
Und es sitzt in an Stüberl
A traurige Seel.

Und in Stüberle spukts,
Und es geistert in Haus;
Und jatzt schaut a roths Liachtl
Van Fensterl heraus.

Da Mühlboch der rauscht
Und die Nochtigoll schreit,
Und da Seel ihre Seufza
De hört ma so weit.

Sie bitt um Erlösung,
Mocht Seufza so grührt,
Auf daß sie an Engl
Ins Himmelreich führt.

Und de traurige Seel,
Dos is' s Diandl mei mein,
Und jatzt führ ih j' ols Engl
Ins Brautkammerl ein.

Wann 's bricht.

Do hört ma gleih flena und schrein: Mir bricht 's
Herz,
Wann Oan nur a wengerl wos fahlt;
Und just in da Zechn a Bisserl a Schmerz:
Oje, mir bricht 's Herz!
— 's Menschnherz, Leutl, dos bricht nit so gah,
Dos zuckende Dingerl, dos is' a weng zah!
Und wann ah do drina thuat beissn a Weh;
A gaustenda *) Sturmwind, in Summer a Schnee,
Dos is' noh bei weitn nit gnua!
Do g'hört gonz wos onders dazua!
Jo, z'erst geht in Fetzn sel rösafab Bond,
Bo da menschlichn Freundschaft und Treu,
Und aftn bricht d' Hoffnung mittn vanond;
Und aftn bricht d' Stimm und da Geist kriagt an
Riß;
's Aug bricht und Olles wird triab;
Nocha, wann nix mehr zan brechn sunst is',
Nocha brichts Herzerl und d' Liab!

---
*) wilster.

Da todte Jaga.

Doscht omab, wo die Gamsl grosn,
Doscht omab is' geborn
A frisches Kind; da greane Wosn
Der is' sei Wiagei worn.

Und wo s' es ogspert ham a wengerl
Doscht is' es hoamli durchi gschlupft,
Und schneewerlweiß, ols wia an Engerl
Üba d' Stoana owa ghupft. —

's is' a schöane Jungfrau wol,
Schleicht durchs gonze Woldrevier;
Suacht an Liabstn überoll,
Wispelt: Büaberl, kimm zu mir! —

Und a Jaga hots vanomma,
Hot valossn seine Freund,
Is' von Bett auf und is' komma,
Und dos Mondscha hot schöan gscheint.

Aftn hot eahm d' Jungfrau gwunkn;
Ihre Augla ham eahm glocht;
Und da liabe Bua is' gsunkn
In ihr Betterl bei da Nocht.

Hotn holfab gebn a Schmotzerl
Hotn gschuablt *) noh dazua,
Und in koltn Bett ban Schotzerl
Schloft der orme Olmabua.

D' Vögerl thoan so lusti plauschn;
's guckt scho he da Sunnaschein.
— Thuat in Wold a Bacherl rauschn,
Liegt a todta Jaga drein.

---
*) geschaukelt.

Am Hochzeitstog.

Seids a weng lusti heunt,
Werds doh auf d' Hochzeit gehn;
Mir is' heunt gor nit guat,
Ih bleib dahoam. —

Ih bin jatzt gonz alloan,
D' Welt is' viel z' groß für mih,
A Haus mit sechs Brettla, jo
Is' ah weit gnua! —

Nehmts ma dos Ringl nit,
Gebts mas in Bräutigam,
Er hot mas ferchtn gebn,
— Ih brauchs jo nit! —

Nur um koan Todtn woan.

Nur um koan Todtn woan,
Hot jo gwoant selba gnua,
Steht dir a so nit auf;
Loß n in Rua!
's thuat da Seel ah nit guat,
Ollaweil in Thränlboch;
Wer zan Geist Wossa thuat,
Mochtn nur schwoch!

Da Weichslbarn-Suhn.

Da Weichslbarn=Suhn
Is' recht a schlimma Bua,
Und so oft er vorbeigeht,
Sperr ihs Thürl zua.

Aft schliaft er ban Fensterl;
Do hot ers so weit triebn,
Und nachstns war da Norr
Drein bold steckn bliebn.

„Na, so a Scheibn
Is' ma völli z dick
Und ih ziahad dih eina" —
Sog ih, „noh zan Glück."

Ban Tog schaut da Norr
An hell'n Hoppatatsch gleich,
Er mocht erst in Finstern
Seine lustinga Streich.

Ollahond Fittlleut *).

O mei Gott, o mei Gott, wos fong ih dann on?
Ih möcht völli heiratn, 's paßt ma ka Monn;
Da Hans if' ma z' latschad, da Lipp if' ma z' dumm,
Da Natz if' a Beangn, fan b' Füaß olle krum.
Da rothhorrad Toni, der mocht mir a Gschrah,
'n buglabn Hiasl, den kriagab ih ah.
Da loanlabe Luidl, der hot ma zweng Lebn,
Konn 'n Kopf nit batrogn und konn b' Füaß nit bahebn.
Es nahm mih ba dickbauchab Seppl — schau, schau!
Der fraß ma jo grob olle Wochn a Sau!
Da weitmalab Jörgl, der paßt ma nit recht,
Der schlickab mih, wann ihn a Busserl gebn möcht.
Der oanaugab Wastl if' ah nit für mih,
Der Norr siaht mit o a n Aug jo mehr ols wia ih.
Ih will engs beweisn, es if' richti woah:

---
*) Werber.

Ih siah ban eahm o a n Aug und er ba mir
zwoa!
Ih möcht nur den rampschladn *) Franzl ollwal,
Der sogt, ih that schiagln **) und hätt a schelchs
Mal.

---
*) schwarzbraun.
**) schielen

So viel Liab han ih ah!

Wos da Hapfnschloga-Natzl
Von sein Diandl mocht a Gschroa;
Arga kunnt er neama klempern,
Wann's von Gult und Silba woa!

Jo, ih wüßad ah a Diandl,
Dos nit schlechter is' wia seins;
Grod so tausndliab, wia seins is',
Grod so tausndliab is' meins!

Glaubts, weil ih nit hapfnklempern
Und nit stieglhupfn konn,
Glaubts mar eppa, daß ih deßwegn
Ah ka Liab in Herzn hon?

So viel Liab han ih fürs Diandl,
Daß's mas ös scho long nit nehmts;
So viel Liab, daß ih eng prügl,
Wann's mar üba b' Miazerl kemts!

's is' da Brauch a so!

Wia ih heunt Vormittog Kirchn wa,
Siah ih viel Büaberl unt Diandln ah,
Siah ih zwoa bluatjunge Brautleut stehn:
s wär holt da Brauch, daß de poorweis' gehn!
 Je, der Brauch is' fein,
 Na, der gfollat mir;
 Worts, den richt ih ein,
 Wann ih größa wir!

Da Bua hot zan Diandl recht gspoaßi thon,
Hops! ih han glaubt, er thuats beißn schon.
s Diandl hots gor nit gocht: Thua na noh!
Hots drauf gsogt, s is' scho da Brauch a so.
 Je, der Brauch is' fein,
 Na, der gfollat mir;
 Worts, den richt ih ein,
 Wann ih größa wir!

Aftn auf d' Nocht, wia ma gessn ham,
Laufn f' ollzwoa in a Kammerl zsamm.
Schiabt da Bua vor die Thür 's Riegerl noh,
„Jo!" ham f' gsogt, 's if' holt da Brauch a so.
  Je, der Brauch is' fein,
  Na, der gfollad mir,
  Worts, den richt ih ein,
  Wann ih größa wir!

Wann ih ka Diandl hätt.

Wann ih ka Diandl hätt,
Dos in mein Herzerl is',
War ih scho long a Lump,
Dos woaß ih gwiß!
So, wann mih 's Teuferl will
Umakriagn, sollt's mar ein:
Du host ka Recht mit dir;
Ghörst jo nit dein!
Du ghörst 'n Diandl zua;
Wann 's dih willst schnipfn, so
Müaßast ins Herzerl ihr
Einbrechn noh!

Auf a mogers Diandl.

Dir därf ih 'n Himmel scho vakündiga,
Schau! Du konnst jo gor nit fleischli sündiga,
Wos kunnt dann ah da Teufl mit dir thoan,
Er will a Fleisch, er brot jo koane Boan!

An olts Mittl fürs Oltwern.

Ih kauf mir a Schnürbruſt bold,
Weil ma dos Jungbleibn holt
Gor a ſo gfollt;
Schau, unſa Boda ſogt,
Wer ſo a Miada trogt,
Der wird nit olt.

So gfallts ma.

„Maderl, geh pfüat dih Gott,
Ih muaß in d' Stodt.
Kennst du dos Röckl nit;
Ih bin Soldot!"
„Wichs na dein Schnauzbort auf,
Moch da nix draus;
Gehst du zan Militär,
Bleib ih nit z Haus;
Denk da, was i h jatzt bin:
A Makarenterin!"

Da Hüttlbua.

Auf 'n Bergerl steht a Hüttl,
Und 's Hüttl ghört mein,
Und in Hüttl steht a Wiagerl,
Liegt da Hüttlbua drein.
Und nebn an Wiagerl sitzt a Weiberl
Singt: Eijo pupei!
Und so san ma beisamma
Schön süaß olle drei.

Auf 'n Bergerl steht a Hüttl,
Und 's Hüttl ghört sein,
Und in Hüttl steht a Betterl,
Liegt da Hüttlbua drein.
Und nebn an Betterl is' a Weiberl
Just weit nit davon,
Und jatzt meldt sih in Hüttl
A junga Hüttlbua on.

Und in Garterl is' a Grüaberl,
Und 's Grüaberl ghört mein,
Und in Grüaberl steht a Trüherl,
Liegt da Hüttlbua drein.
Und nebn an Trüherl liegt a Weiberl
Und die Ähndl dabei,
Und jatzt schlofn j' beisomma
Schön süaß noch da Reih.

Und auf 'n Grüaberl wochst a Bleamerl,
Gstott 'n Hüttlbuam auf,
Und jatzt setzt sih a gschecкada *)
Weinfolta drauf.
Und auf 'n Bergerl steht a Hütterl
Geht da Wind aus und ein;
Und in Hütterl steht a Wiagerl
Is' a Spinnawett **) drein. —

*) bunter.
**) Spinnengewebe.

Da Vota und sei Suhn.

„And de sull ih nehma, mei Vota?"
„O je! de hot an unsinnign Kropf,
Hot an Bugl und an brinnrotn Schopf!"
„Jo freili, mei Bua muaßt de nehma,
Woaßt wul, sie hot a Trüherl vull Geld;
Hot an Wolk und a Viach und a Feld!"
„Mei Vota, aft mog ih nit heiratn;
Ih heirat ka Viach und kan Wolk;
Ih heirat a Diandl, dos ma gfollt"!

's Liachtl am Fensta.

„Ih wer dir aufs Fenster a Liachtl aufstelln,
Daß d' woaßt, wann ih dahoam bin, dos sull das
dazähln."
— Dos Wort von da Miazerl, dos han ih ma
gmiakt,
Und schauts, olle Nocht war a Liachtl ausgstellt.
Und wann ma uns gleih gonzn Tog nit ham gsehn,
Auf d' Nocht in da Dämma war a Liachtl ausgstellt.
Und wanns mir oft Nocht war in Herzn und Haus;
Bei da Miazerl ihrn Fensterl war a Liachtl aus=
gstellt,
Dos hot ma schön gleucht in mei Seligkeit ein,
Und hot mir in Herzn a Liachtl aufgstellt. —
Auf oanmol wars finsta, han s Fensta nit kennt,
Und s Liachtl hot drauß auf n Gottsocka brennt.
Do schau ih gonz oangschicht*) zan Himmel hinauf,
Und siagst es: Ols Sterndl war ihr Liachtl aus=
gstellt.

---

*) einsam

's Pfüatdihgottnehma.

Jh thua mih nit fürchtn,
Wann f' mih einilegn in d' Erd,
Aba 's Auffitrogn fürcht ih,
Vo da Muata ihrn Herd.

Na, 's Auffitrogn fürcht ih nit
D' Muata geht ma noch;
Aba 's Einschlofn fürcht ih,
Werd neamamehr woch.

Na, 's Einschlofn fürcht ih nit,
Weil ih a u f jo wieda steh,
Aba 's Pfüatdihgottnehma
Von Diandl thuat weh.

B'wegn dein Kröpfl wegn.

B'wegn dein Kröpfl wegn
Därfst dih nit beschwern;
Wannst mih nehma willst,
So frogst holt zua:
Wannst a Steirer bist,
Und host a Treu in Ehrn
Kriagst mih ollamol
Mei liaba Bua!

Londsleut!

Der Orom hot d' Liab aufbrocht,
Da Noah in Wein;
Da Davidl s Zithernschlogn;
— Müaßn Steirer gwest sein!

Holzknecht-Wunsch.

So, wann mas holt hot,
Konn ma lebn noch sein G'schmock:
Für die Kinder a Brot
Und für mih an Tabock!

Wos da Maurermichl gsogt hot.

Da dicke Herr in Oberndorf,
Da Pforra, predigt gor so schorf:
„Thuats fostn Kinda, besserts euch,
Sinst kemmts ma nit ins Himmelreich,
Die Himmelsthür is' gor so kloan!"
Do loßt sih da Mauramichl hörn:
„Herr Pforra, do konn gholfn wern;
Mir brechn holt aus etliche Stoan;
Fünf Schua weit muaß die Thür wenigstns sein,
Sinst kinnen Hochwürdn selba nit ein."

Zither und Hackbrettl.

Mei Herzerl is' a Zithern,
Sumbad *) ollaweil und gibt ka Rua;
Und mei Mundstückl is' a Hackbrettl,
Schlogt 's Lustige dazua.

Und jatzt hebt ma sogor d' Liab noh
Zan Zithernschlogn on;
Und aft probir ih 's gleih mit an Busserl,
Ob ih Hackbrettl schlogn konn!

*) schrillt.

Wos d' glaubſt.

De, Moam, du ſogſt, du glaubſt ma nix;
Ih woaſs 's, daß 's nit ſo is',
Jatzt wann ih ſog, daß d' ſauba biſt,
So — glaubſt mas gwiß.

Mei Herzerl is' a Dampfmaschin.

Jo, 's Herzerl is' a Dampfmaschin
Und lusti fohrts durchs Lebn dahin.
Geh, Diandl, mogst herina sein?
Mir fohrn ins Paradies hinein.

Mir fohrn ins Paradies hinein,
Und selm muaßt du mein Everl sein;
Und will uns treibn der Engl aus,
So sitzn ma auf und fohrn noch Haus.

Blow *).

Da Bota hot gsogt,
Und wos blow is' war gfoppt,
Und mih ziemt, ob er nit
Eppa unrecht hot ghobt.
Jo, blow is' holt 's Veigerl,
Da Himmel und 's Mia **)
Und blow san a d' Augerl
Von meina Maria.
Da Bota hot gwiß
Den blown Montog in Mogn,
Denn, do hot er oft
An blown Bugl hoamtrogn.

*) blau.
**) Meer.

Segn zan Ausgong.

Geh, Monnerl, geh in Gottesnom,
Do hoft an Weichbrun, moch a Kreuz!
Do nimm dein Rachzeug, steck dir 'n zsomm,
Und 's Griasbeil, felm in Winkl leits *).
Do gib ih dir a Busserl mit,
Dos beant da guat und schützt dei Lebn;
Gib Obocht drauf, valuis mas nit,
Wannst hoamkimmst, muaßt ma's wieda gebn.

*) liegts.

Mein Muaterl dahoam.

Und d' Muata hot ma d' Sproch glernt,
Ihr Busserl war da Som;
Und s erst Holmerl, dos ma aufgang,
War da Muater ihr Nom.

Und da Som is' jatzt gwochsn
Zan Bleamerl dos blüaht;
Und a jads Bleamerl, dos dron,
Is' von Busserl a Liab.

Und an Jada kriagt a Liadl
Und a Blüadl und a Bloam,
Aba b' Frucht — s Busserl selba
Ghört mein Muaterl dahoam!

's Pfeiferl.

Wann ih gor nix meh hon und wann ih noh so
schlecht steah,
Mei Pfeiferl, mei kloans, gib ih doh noh nit hea.
Dos ruaſſige Zeugl, dos hon ih so gern,
Daß ih — wann ih's valuisad — frei narrisch
kunnt wern.
Do drein steckn Gschichtn und Mahrla beisomm,
Ma moant, s is' a Wunda, daß s' Plotz olle hum.
's is' a rechts Neſtl von gspoasige Dinga,
Und traurige ah, daß oan 's Herzerl möcht
zspringa. —
Do setz ih mih z' Nochts, wann ma Feirobnd
scho hom,
Aufs Bankl, boscht untn ban Hullerabaum.
Aft ziah ih mei Pfeiferl holt auſſa von Sock,
Und uma von Bugl mein Beutl Tabock.
No stopf ihs holt on; und jatzt muaß ih no
suachn
In Säckl an Stoan und an Schwom von a
Buachn.
Jatzt brennts scho! A holt jo, nu will ih nit sogn!

Ih moch mih kamod auf mein hülzeran Schrogn.
Aft zuzl ihs holt auffa; und mittn in Nach,
Do siah ih holt ollahond Goglwer *) gach. —
Wia ih 's Nannerl zan erstnmol gsegn hon in
                        Wold
Vor fünfundsechzg Jahrl — bin doh scho stoan=
                        olt! —
Vor dreißg hams ma s' auffi trogn — konn dann
                        dos sein?
Jazt liegt in ihrn Grob schon wer ondera drein. —
Die Töchter san groß worn — und kehr um ma
                        d' Hond,
Hot a Jede a Körberl vull Kina bauond.
So blowaugad warn s' und so herzi, de Frazl,
Ih moan, ih siah s' noh do, die Kundl, in Nazl.
— Baslixta Tabok, kimmst von Ungarlond he,
Wia konnst dus dann wissn, wia s' ghoassn hom,
                        de? —
Und schau, wia dos Wölkerl jazt steigt und
                        vageaht,
San s' olle vagonga, liegn unta der Erd!
Nur ih bin noh z'ruck bliebn alloan auf da Welt,
Hon nix, wia mei Pfeiferl, dos ma Gschichtn
                        dazählt.

---

*) Gaukelwerk.

Grod a Reiche.

I.

Ih bin a luftiga Bua,
Und ih kimm von da Mua,
Und ih fuach mir a Diandl,
Frog überoll zua.
Und ih ztrett auf da Tua
Schon a gonzes Poor Schua,
Und doh is' 's umfinft
Daß ih umrenna thua.
Es gibt ihra gnua,
Oba Reiche fan klua *).
Und daweil ih ka Reiche han,
Gib ih ka Rua.

Und jatzt hots mas thon,
Han a Reiche kriagt dron;
De hot fcho long gfuacht
An luftinga Monn.

---
*) felten.

II.

Mei Luſtiſein hon
Ih jaßt ah ſcho vathon,
Und drum ſchaut mih mei Weiberl
Scho long neamer on.
Bin an ongſchmierta Monn,
Und jaßt lauf ih davon,
Und ih gib eng ka Rua nit,
So long ih de hon!

Der Ahndl ihr Tram ban kloan Ahndl sein Wiagei.

Büabei, moch in süassa Rua
Deine jungen Augla zua!
So thuat d' Ahndlmuata singa,
Konn 'n Kloan nit zschlof dabringa:
Dunnas Büabei, will nit schlofn,
Gibt ma heunt dos Nigei z'schoffn:
Sticht dih eppa 's neuge Stroh,
Oda beißt dih gor a Floh?
Z nieda host jo doh nit z' haptn,
'S Zuzei host jo ah in b' Pappn:
Mogst dih frei nit gleichdaruckn;
D' Windln san jo eh ah truckn;
Meina Treu, 's war doh dalogn,
Taß d' dih wieda hättst dazogn!
Heidln thua ih eh und singa,
Na, mih zimmt, ih muaß dih zwinga.
Täucht mih schier, es wird sih mochn,

Hebſt ma wieder on zan Lochn;
Siagſt, ih möcht, und han de Eil,
Und du hättſt ſo ſchöan daweil.
Wirſt a mol a wengerl gröſſa
Und dei Gſtell a Bröſerl beſſa,
Hoſt nit Zeit zan Heidlpanzn
Und zan umanonda lanzn;
Muaßt recht lüfti umaſpringa,
Mit die Oudern buglringa;
Wannſt a mol a Hoſn trogſt
Und a roggas Knödl mogſt.
Aba zlong därfſt ah nit laſn;
Wer ih dir a Büachei kafn,
Muaßt ma lerna Druck und Schriftn
Und da Lehra wird dih lüftn!
Lerna därfſt ma jo nit zweni;
Du, fürs Lebn braucht ma da meni *)
Biſt ma eppa z' groanla **) worn,
Wer ih d' Ruathn ah nit ſporn.
D' Ruathn iſ' a guate Godl,
Bringt die Buam in rechtn Modl;
Trauad ih ma d' Ruath nit z' nehma
Kunnts ma ſpäter ondaſcht kemma;
's hot ſih doh ſcho zuadatrogn,

*) Menge.
**) zu rührig, vorwitzig.

Daß da Suhn fei Muata gschlogn!
Büabei! schaust mih so liab on,
Moanst, dos war jo weit davon,
Daß d' a so a Posta wogast,
's Müatei mit 'n Stecken schlogast?
Thua jatzt schlofn, herzigs Büabei,
Wannst aft gröffa wirst, kimmt 's Liabei,
Gsollt da 's Nochbarn kloane Sepha
Oda 's Hansl Kathei eppa;
Sogst der Dan: Heunt, Schotzerl, kumm ih,
Schleichst dih zwischn Liachtn umi;
Luigst dei Ahndl hellliacht on:
— Warst dahoam und häst nix thon. —
Nimmst ins Wirthshaus gor dei Kathei,
Zahlst 'n Meth und schweinas Bratei;
Gwingst'n Schneida noh de Wochn,
Sullt eng gschwind a Gwandei mochn,
Und in Sunta drauf wird's klindt;
D' Hohzat wird aft ah gleih gschwind.

Klewa is' a Jahrl uma,
Lüfti muaß da Bova kumma:
's hot wos ontrogn, 's is' wos zsommgfolln,
Jo, der Ofn, der is' zsommgfolln. —
's is' a Büabei, wie an Engerl,
Platzt recht viel und locht a wengerl.

Stehts kam on an etla Jahrl,
Wuaßt um a gonzes Scharl,
Brave Diandln, böse Buam;
Wochsn auf wia b' Holzaruabn.
Und die Großn san scho ziemla
Stork und kinna b' Orbat krümmla,
Und die Kleanan schrein und humsn,
Daß Oan schier da Kopf thuat sumsn:
Nehman Bota bei die Haxln,
Thoan recht lusti aufikraxln;
Thoan recht umanonda hupfn
Immeramol in Schnurbort zupfn;
's Müatei schreit: Na, gebts a Rua!
Schaut recht harb und locht dazua.

Aftn kemmen andre Zeitn,
Kummernuß und Zwidrigkeitn;
Wird gleih kleana 's junge Schöckei,
Buam mian fuascht *), krüagn 's Kaisaröckei,
Schreibn, wia weit daß roh die Welt, —
Lossn bittn um a Geld.
Mit die Menscha is' 's nit bessa,
Wern s' a mol a wengerl grössa,
Wars schier not, ma holtad Wacht,
Zwegn die Buama bei da Nacht.

---
*) müssen fort.

Aba, d' Menscha, dos san Gredln,
Hörn de Tei nit auf zan schedln;
San da ollaweil handl on,
Bis s' a jede ham an Monn.
Kehr um d' Hond, so san s' scho Müata.
Aftn kemen eahnre Brüada
A scho holbvakrüpplt zruck.

No, in Natzl hot a Stuck
Wegbolbirt 'n rechtn Orm,
Und in Seppl — Gott erborm —
Bringen s' auf an Gorm *) dahe,
Hot koan guatn Fuaß nit meh.
Aba d' Herzn san noh prächti
Gsund und jauzn scho weitmächti;
Kennen d' Muata scho von weitn;
Kimmt da Vota outla Freudn,
Und die Schwestern mit die kloana
Vettern und mit eahnre Manna:
Weil 's na doseids, weil 's na doseids;
Grüaß eng Gott, na, weil 's na doseids! —
Jo, vor Freudn woant 's olt Müatei;
Und da Vota reißt sei Hüatei
Kloan dakema, gschwind von Kopf,
Aftn sechts 'n weissn Schopf. —

———
*) Karren.

Aft hoſt olle deine Kina!
Und in Ausnahmſtübl drina,
Loßt d' an Moſt hetrogn an füaſſn,
Und die guatn Buama müaſſn
Jaßt dazähln — na, Weibei, hör ma,
Oba na, de Kloan, de lärma,
Und a Rua gebns doh ka Grandl: *)
Liaber Ähndl, liabe Ähndl!
Gehts in oan fuaſcht, wiſſns ſchon,
Schlofn heunt ban Ähndlmonn.

Gehn die Groſſn aft mitſomma,
Wia ſ' holt zſommghörn, in die Komma.
Und bei dir in Bettei drina
Schloft dei Wei und d' Ähndlkina,
Aftn — moch in füaſſa Rua
Deine oltn Augla zua.

*) Bischen.

Mei weisses Lamperl.

Mih gfreuts, daß ih a Lamperl hon,
Es hot a weisses Pölzl on;
Und Augla just, wia Himmelsblau:
Und wann ih recht tiaf einischau,
's is' gspoaßi ah, kimmts mir in Sinn:
Ei, schod, daß i ka Lamperl bin.
's is' nit zwegn daß ih hupfn kunnt
Mit Ondern auf n Wiesngrund!
's is' nit, daß ih a Pölzl hätt
Für n Winta, wann der Olmwind geht;
Ih möcht nur sein so guat und froh,
Ols wia mei weisses Lamperl do.

's Stückl Brot und sei Gschicht.

An Bissn Brot ißt ma gern,
Er schmeckt ollaweil guat;
Gibt a stoanane Kroft
Unr a rösalars Bluat.
Ih gunns ah an Zern,
Wanns Tischl is' deckt,
Unr bring eahm an Gsegndasgott
Ah, daß 'n schmeckt.
Aba glaubn thuat mas kaum,
Wann mas Loaberl onschneidt,
Wia long daß sei Gschicht,
Unr sei Wegerl, wia weit!

No, Bräundl, geh weita,
Wos schnofelst dann so?
Du möchst da 's grean Waserl
Holt ogrosn noh!
Loß 's gehn, dos muaß eini,

Mei Bräunrl, iu r' Err,
Mir kriagn scho wos Bessers,
Wann 's Körnrl aufgeaht.
Jo freili, für dih wärs
Scho besser a so;
Begrobst jatzt rei Hemwief,
Unr kriagst nocha 's Stroh. —

Unr jatzt in Gottsnom,
Saan ma 's Körnrl holt aus;
Loß 's wochsn, o Herrgott,
's is' 's letzte in Haus!
Unr ös Buam mochts an Zaun,
Daß ka Vieh nit kimmt drauf.
Und aft stecks ma für 'n Schaur
A gweichts Polmzweigl auf!
Unr ih bin jatzt firti
Mit den wos ih thua;
Unr in himmlischn Vota
Stehts Weitere zua. —

Na, lusti, Buam, tonglts ma
D' Sicheln recht schneidi,
Unr riglts *) eng, tummelts eng,
's Körnrl is' zeiti!

*) rührts.

Und 's Mensch schneidt voraus
Und thuats Bandl windn,
Und da Bua schneidt hint nochr,
Thuat 's Garberl bindn.
Ds Kina thuats Holmklaubn,
Und trogts ma f' schöan zsomm;
Die Pforrormen müaffn jo
Doh ah wos hom.

Auf d' Nocht wirds zan Schöbern,
Thuats Monscha schöan scheina,
Aft künnts a weng golstern *)
Vorn Effn, wegn meina.

Mochts 's Stodlthor auf,
Daß a Fuhr eini konn;
Die Drescha san do,
Und jatzt gehn ma 's gleih on:
Bum bim bam —
Hund is' tod!
Gehts in da Schenn,
— 's Dreidreschn leid ih nit,
Vier müaffn sein
Schlogts ma 's Körndl
Lüfti auffa,

---
*) scherzen.

Müassn t' Flegl lusti klesch̀n,
Und daß jatzt noh t' Sechszohl pumpert
Müassn Buam und Menscha dreschn:
Bäurin koch Kropfn
Sechszipfate Zupfn,
Die beangarn, bauch̀arn
Körndln thoan hupfn. —

Buama, thuats jatzt reitern, windn,
Daß die Gratn doni fliagn,
Bringts ma d' Windmühl gleih ins Klappern,
Daß ma 's reine Körndl kriagn:
Wos an orndlichs Körndl is'
Find sei rechte Stroßu gwiß! —

Foßts eini, foßts eini,
Ins Kornsackl ein;
Und da Wastlbarnbua
Muaß da Mühlesl sein.

Und da Mühlstoan is' schorf
Und er pockt dih scho gleih,
O Körndl, liabs Körndl,
Mit dir is' 's vorbei!
Aba Flügerl wirst kriagn
Und wirst weiß wia a Kreidn,

Und a Jeda muaß sterbn,
Der an Engl will sein!
Aba ehanta *) muaßt wondern
Ins Fegfeur noh ein;
Es wird schon a Brotgluat
In Bochofn sein.

Da Weg der is' long gwest,
Vull Sorgn und vull Noth,
Aba jatzt is' da Tisch deckt
Fürs tägliche Brot.
— Und an Bissn Brot ißt ma gern,
Mocht a rösalats Bluat,
Und wann ma sein Gschicht woaß
Schmeckts doppelt so guat.

*) früher.

A por Wörtl an meine Londsleut.

Ei, liabe Londsleut, grüaß eng Gott,
No, seids noh Olle gsund?
Zan Teufelhuln! ös seids ma grob
Scho kema auf 'n Hund!
Na, losts a mol, ih bitt eng schön,
Ih muaß eng heunt wos sogn,
Es müaßts mih oba recht vastehn,
Und jo nit gor z' viel frogn.
— Z' erst sog ih eng, daß 's Menschn seids
Mit Herz und Sinn und Ehr,
Und daß 's die gleichn Rechtn heits *)
Wia jeda grosse Herr.
Daß 's schwitzn müaßts in Hobafeld,
Dos hot just nit viel z' sogn;
Es wachst holt nindaschd **) auf da Welt
A Tischbrot ohne Plogn.

*) heischet.
**) nirgends.

Da Kaufmonn sitzt oft stundnlong
Bei seinen Sull und Hobn,
Und d' Rechnung mochtn ongst und bong,
Sie gehtn oft nit zsomm.
Die Doktors und Beomtn fein,
De hams holt ah nit guat,
De schwitzn in ihr Ongströhrn drein
Aus Sorg jo völli Bluat!
Und wann s' ah gleih Minister wern
Und ham an seidan Rock;
Bedeande sans und ham an Herrn
Und ah — an Bettlsock. —
Ih war holt ah a Bauernbua,
Ös wißts jo, wo und wer,
Und jatza trog ih gwichste Schua,
Und bin a gmochta Herr.
Jo mein Gott, Olls is' ah nit guat,
A gwichsta Schua druckt ah!
Und immeramol, do wirds ma z' Muat:
Wann ih ban eng noh wa!
Wia hot ma oft a Hobakoch
Ban eng so prächti gschmeckt,
Und han zan roggan Knödl noh
A Wossasuppn gschleckt.
He saggera! ös hobts mih giegn
Und kennts mein olte Schneid;

Ih hätt frei ollweil tonzn mögn
Und Olles hot mih gfreut.
Jatzt eß ih brotne Häudln wul'
Und geh a weng spozirn;
Dabei is' ma da Kopf so vull
Von Sorgn und von Maniern.
Es kennts es doh, wia wol 's oan thuat
Auf frischa, greana Flur;
O Gott, ös hobts es gor so guat
In Tempel da Natur!
Bleibts schön ban Pflua und Spotnstiel
Und wöllts nit eppa mehr;
A brava Baur is' grod so viel,
Ols wia a brava Herr.
Und thuats ma 'n Bürgamoasta schön,
Holt, der an gscheidtn hot,
Und wanns eng nit will zsombagehn
So frogts 'n um an Roth.
Und bleibs ban Oltn, wanns eng gwiß
Glückli mochn konn;
Wann oba 's Neuge besser is',
So nehmts es donkbor on.
Und wos ih eng noh wünschn wollt,
Dos war wul gor viel werth:
An guatn, bravn Pforra holt,
Der 's Rechte denkt und lehrt.

Und jatzt paßts auf, jatzt kimmt erst noh
Dos Wichtigst, miakts engs wul;
Ih bitt eng, Loudsleut, schickts ma roh
Die Kinder in a Schul!
Vor Zeitn hots es freili thon,
Wann Dana nix hot kunnt;
Wer heunt nit schreibn und lesn konn,
Der is' schon auf 'n Hund.
In jedn Büaberl steckt jo schon,
A Stootsminista drein,
Und wer den aussa beutln konn,
Muaß nur a Lehrer sein.
Eng Laudsleut steckt in Herzn tiaf
A Reichthum in Geblüat,
Die Königskron, der Orlsbriaf,
An ehrlichs, innigs Gmüat!

's is' a Kunst.

Jo, 's Lebn, dos is' a grosse Kunst,
A Jeda bringts nit zwegn,
Es wird gor oft vapfuscht, vahunzt,
Es is' holt gleih wos gschegn.
Und wanns amol an Schrick *) thuot kriagn,
So keit **) ma sih nit drum,
— Zaschlogts holt, daß die Trümma fliagn,
Ma bringt sih selber um. —
Jo, Sprüng und Schricka gibts gor viel,
Wers Leima nit vasteht,
Den geign ih aus, er hoaßt nit viel,
Und wos er mocht is' Gfrött.
Wer leima konn, wanns tschali geht,
Und redli kimmt durch d' Err,
A Künstler is' 's, der 's Lebn vasteht,
Sei Werk is' ah wos wert.

---
  *) Sprung.
 **) kehrt.

D' Apothekn fürs kronk Herz.

Du sogst, daß dir dei Herz war kronk,
Scho zan Vazweifeln grod;
Jo mei! ih konn dir a nix gebn
Ols gläubla *) nur an Roth:
Wanns dir in Herzn fallt, so geh'
Ma jo nit gleih zan Bora,
Der legt dir gleih a Pfloster auf
Und loßt dir eppa Oda **);
Er setzt dir Egln auf 'n Bauch,
Und gibt da wos zan Schmiern,
Und sogt, es druckadn dih d' Wind,
Und thuat dih brav laxirn.
Und schickt da noh zan Brechn wos:
An Löffl olle Stund;
Und Pilln und Pulverln, ollaweil,
Jo mei! dos mocht a Herz nit gsund!

*) gleichwohl.
**) zur Ader schlagen.

Do woaß ih dir an ondern Woaß *),
Und kenn da gor an gschicktn Herrn,
Der hot a grosse Apothek,
Und deant damit an Jedn gern.
Da beste Bolsam für dei Herz
— Do rinnt er draussn, kennst 'n eh,
Der guißt da frisch von Himmel oa **)
Es is' da Wildboch von da Höh.
Und 's beste Pflosta für dei Loar
— Dos sog ih — wird da fruadla ***) dean,
Geh aussi do und leg da's auf,
Es is' da stille Wold, da grean.
Da beste Odaloß für dih,
Wann dih thuat druckn 's dicke Bluat:
Geh loan dih in a Feichtn on,
Und woan dih aus, aft wirds scho guat!
Die Pilln, de warn ah gor so guat,
Ma darf f' na onschaun, is' 's dakennt,
Sie san in an blown Schachterl drein,
Und hoaßn: d' Stern am Firmament. —
Und olle Stund an Löfflvull
Von Glaserl do, ih gib da 's mit,
Es is' wos drein und aussn stehts:

---
*) Rath.
**) herab.
***) sicher.

Da liabe Gott valoßt oan nit. —
Dos is' den guatn, gschicktn Herrn
Sein Apothek für d' Herznswund;
Du konnst da kemma, wanns du willst,
Sie steht dir offn olle Stund!

D' Erbschoft.

's is richti wohr, jatzt woaß ih's gwiß,
Daß d' Eren do mei Muater is'.
Bin neuli her zau ihr, hon gfrogt:
Frau Muata, konn ih d' Erbschaft hobn?
„Jo, jo, mei Kind", hot s' nocha gsogt,
Du muaßt sie holt ah aussagrobn.
Du kriagst nit zweng, ih moan da 's sein,
Ih han an gonzn Säcklvull,
Geh, brauch dei Hond und greif holt ein
Und nimm da s', ih dalaub da 's wul." —
Ih brauch mei Hond und schau dazua,
Und knöpfl holt 'n Säckl auf;
Auf oamol han ih Sochn gnua,
Und Brot in Ueberfluß noh drauf.
Jo Muata, ghört des Olles mein?
— „Na jo, und so is' 's ollaweil,
Aufs Johr greifst nocha wieder ein
Und nimmst 'n Zins von Kapital.

Wer fleiſſi is', der leidt ka Noth;
Und thuat dir 's Haun und 's Grodn nit ohnt,
So nimm dein Zins, dos tägli Brot,
Denn 's Kapital, dos is'. — dei Hond."

's Erbguat.

Wia 's Müatei auf 'n Tod is' glegn,
Do hoaßt 's mih eini, in ihr Kommа,
Und wia 's mih aft ban Bett hot gsegn,
Hots gleih a nußbams Kastei gnomma.
Hot gsogt: „Jatzt los', mei Töchtei, treu,
Do war dein Erbthoal, han nix bessas.
Ih bin nix, ols a Bettlwei,
Und ah a Gräfin hätt nix Grössas.
Ih hans ah von mei Muata giabt *)
Und wia dei Vota wurd mei Gsfürta;
Do han ih noh mein Erbguat gliabt
Und han eahms brocht, gstott Geld und Güata.
Do host es, gib fein ocht damit,
Thuas ah Neamd zoagn, ma kunnt da 's nehma;
Valuis ma 's und vawantichls **) nit,
Ols bis dei Hochzeitstog thuat kemma.

*) geerbt.
**) vertausche es.

Und findst a Monnerl, dos d' holt most,
— 's muaß sein a Brava und a Guata;
So gib eahm Olles, wos d' nur host,
Dei Herz und 's Erbguat von da Muata!"
Und wia ih 's Kastei öffna thua,
Do siah ih holt a schneeweiß Kranzei;
Dos kriagt ma gwiß koan ondra Bua,
Ols wia da Bräutigon, mei Hansei!

Der Omashaufn.

Ih schau an Omashaufn zua,
Do wuaslts her und hin und her,
Und trogn und schiabn und ziachn thoans
Und laufn üba Kreuz unt Quer.
Die Grossn tretn auf die Kloan
Und nehmen eahna d' Splitterln o;
Und nocha raufn s' selba drum,
Und gebn ka Rua 'n gonzn To.
Mir kosts an Rucka mit 'n Fuaß,
Unt tschali is' dos gonze Nest;
's is' neama gonz, nur Trümma gibts
Und Olles is' umsunstn gwest.

An Omashaufn is' ah d' Welt,
Es schaut an Ondra zua den Gwuaß*);
Unt wird eahm 's Unrecht endli zviel,
So kosts an Rucka mit 'n Fuaß! —

*) Gewirre.

D' Schneck.

Ih han heunt auf 'n Wiesngrund
Ana Schneck zuagschaut a gonze Stund.
Na, de geht loanlad, denk ih mir;
's ka Wunder ah, trogts Haus mit ihr.
A Zoachn*), daß s' neamer umkehrn will,
Bis s' endli gfundn hot ihr Ziel.
Und wo dös fleißi Ding is' kriacht,
Do war a Straf, gor silbaliacht.
— Wann a jeda Mensch, der vorwärts draht,
A liachte Spur hintalossn that! —

*) Zeichen.

's Neberl.

Druntn ban Boch sitzt a Holtabua,
Schaut sih a kloans Bißl um;
Schön is' da Himmel in olla Frua,
D' Vögerl thoan schrein umundum.
Hintern selbn Riegerl, wo 's Waldl blüaht,
Steigt a weiß Neberl in d' Höh,
Wia dos da bildhübsche Holta siaht,
Seufzt er still; 's Herz thuat 'n weh:
„Dih thuat ka bösa Bawolta schlogn;
Dih sticht ka Distl in d' Füaß;
Dih hot ka Diandl, ka Liab betrogn,
Neberl, du host es so süaß.
Paßts da bei uns auf der Erdn nit,
Steigst zan blown Himmel in d' Höh;
Neberl, ih bitt dih schön, nimm mih mit,
Unglückli liabn, dös thuat weh! —"

Hochbetrüabt sinkt er aufs Zittermoos;
Nickt a weng, kimmt eahm da Tram,

Glückli, ols wia in den Muataschooß
Duslt er untern grean Bam.
Wia er aft wieder is' aufawocht
War eahm ums Herzerl so mild;
Aba da Himmel hot neama glocht,
Hat sih kuhlschworz einighüllt.
Blitzn thuats, daß schier in Teufel graust,
Dunnern, daß 's stärka nit kunnt;
Hui, wia da Hoglschaur niedasaust,
Mean thuat ma, d' Welt geht scho z' Grund.
Pisch! fliagn die Tropfn zan Schäfa hin,
Der untern Lerchbam thuat liegn:
— „Kennst mih noh, daß ih 's sel Neberl bin,
Dos übas Riegerl is' gstiegn?"

's Brautpfoadl.

Ih woaß nit, wia ma is',
Wann ta Horocka *) blüat;
So a Holmerl braucht long,
Bis 's a Brautpfoadl wird!
Und noh bin ih zfriedn,
Wann ih 's Diandl kriag gwiß,
Bis da Hor do a schneeweisses
Brautpfoadl is'!

Aber a bockboanis Doan **)
Is' so a Horholmerl schon;
Es draht sih und spreizt sih,
Und will nit recht d'von.
Und wann 's noh so schön blüaht
Und so blowaugad schmuzt ***);

---

*) Haaracker — Flachsfeld.
**) eigensinniges Ding.
***) lächelt.

Es setzt sih an Kopf auf,
Da Dickschädl trutzt!
Aba, wort na, du Spitzbua,
Mir kriagn dih scho noh,
Mir reißn da d' Füaß
Und dein Dickschädl o!
Aft thoan ma dih auffi
In d' Jagatn *) legn,
So long, bis d' kasweiß wirst
In da Sunn und in Regn.
Jatzt er jt nit? Scho recht;
Jatzt muaßt eini ins Haus;
Die Brothitz, de ziaht da
Dein Zwira schon aus!
Und die Brechsla san Kampl,
De mochn dih scho zoan,
Wann f' dih nehma ban Schopf
Und brav oflopfn thoan! —
Na gelt, jatzt bist dasi,
— Spinnradl, summ, summ; —
Und du loßt dih schön wickln
Um an Finga herum.
Jatzt kimmt scho da Weba,
Da kretzade **) Monn,

───────
*) Leögarten.
**) bestaubte.

Unt ter traht tih um an Nullbam,
Und bantlt tih on!
Scha! Nimmst es nit wohr
Wia 's Schützerl schlupft ein!
Unt tos sausente Dingerl
Wird 's rechte scho sein! —
Unt jatzt erst mei Liab,
Konnst a Brautpfoadl wern,
Unt ih wünsch da viel Glück,
Daß t' sein olt wirst in Ehrn!

Unt ih moan, jatzt wars Zeit,
Daß ma 's Diantl schön locht;
Sinst hätt ih mei Brautpfoadl
Ah umsinst gmocht!

———

Olmglůahn.

Ban Tog is' 's so liacht,
Daß ma grechn z' viel siacht:
Nit 's Röserl alloan,
Olle Dorn, olle Stoan!
Und will ma zan Himmelreich
's Aug richtn frei,
So möchts oan de neidi Sunn
Ausbeissn gleih!

In da Nocht is' ka Ziel,
Is' jo d' Welt mäuserlstill,
Und zuadeckt is' f' grob,
Daß ma moant, sie war todt!
Aba d' Stern san noh schön,
— Wia r ih f' onschau mit Rua,
Schickt da Boandlbua sein Bruada,
Drudt ma d' Augala zua!

Und doh gibts a Zeit,
Wo ih g'siah, wo 's mih gfreut;
Wann da Stoanfelsn blüaht
Und in Liab unt Loab glüaht.
Jo, dos is' 's recht Liacht,
Leucht mar aussi in d' Fern;
Leucht mar eini ins Herz,
Daß ih seli möcht wern!

Da vierblattlad Klee.

Jatzt geh ih scho seit olla Frua
In Feld und Wold rahe,
Nu, weil ih fleißi suachn thua
An vierblattladn Klee.

Wann so a Klee vier Blattla hot,
So liegt a Glück holt drin;
Der mir wochst, hot drei kloane grod,
Und do is' oans scho hin.

Jatzt 's erste Blattl, moan ih holt,
Is' Gsundheit, longes Lebn;
Dos findt ma nit in jedn Wold,
Mir hots da Herrgott gebn.

Und 's zweite, jo, dos wochsat schon,
Doh muaß mas hoamli huln,
Sinst hoaßts gleih, dos geht dih nix on!
— Ih han dos meine gstuhln.

Dös Blattl is' gar wundaschöan,
Ih gholts ah, bis ih stiab;
Es is' so frisch, es is' so grean,
Na jo — es is' holt d' Liab.

Und 's dritte is' ah gwochsn auf,
Hot greant auf stilla Hoad;
Do kimmt a Bua und steigt ma drauf,
Ei ei, wia is' ma load! —

Wärn de drei gonz, wärs eh scho gnua,
Und guat für olle Zeit;
Dos vierte wochsad so dazua,
Jo — die Zufriednheit.

Wos da Regnbogn bedeut't.

Neba mein Haus, dos am Bergerl steht,
Siah ih wos, schöna wia b' Morgnröth,
Schauts nur, a Bloamenkronz,
Wundaschöna Himmelsglonz!
Wos sulls bedentn?
Wia Gott durch b' Wossanoth
D' Sündnwelt gwoschn hot,
Hot er a guldene Bruckn baut
Und wieda mitleidi obagschaut.

Oft schlogt a Wetta mit Hogl drein,
Ollaweil konn ma nit glückli sein;
Wann ah da Teufel greint,
Wann nur da Regnbogn scheint,
Wirds wieda bessa.
Wißts, wos in Regnbogn drobn
D' Forbn für Bedeutung hobn?
's is' gor a guate Ghoaß. — Miakts engs wul,
Daß ma doh Koana vazweifln sull.

Schauts roscht, ros prächti grean Strafl drin
Hoaßt auf deutsch: „Gebts eng da Hoffnung hin,
Müaßts nit so granti sein;
Thuats eng aufs Guate gfreun;
's wird jo bold bessa!
Nu, und die gelbe Forb? — Denk mas bold,
De bedeut't — guldne Dukotn holt.
Tholer und Zwonzga, daß klinga thuat,
Und noh an Steirawein, extraguat.

's Beste an Himmelkranz wundaschön,
Is' noh ros Roth in da Mittn z' sehn,
Dos bedeut't ohne Scherz, —
D' Liab in an Menschnherz,
— Sullns nit vagessn!
Üba mein Haus, ros am Bergerl steht,
Is' er jo, schöna wia b' Morgnröth,
Schau 'n, wann ih' trauri bin, gor so gern,
Denk ma, 's wird bold wieda bessa wern!

Da Blowaugad.

Da blowaugad Himmel is' in d' Erdn valiabt,
Und so oft, ols da Olmwind sei Gwölk einaschiabt,
So fürcht sih da Himmel, es möcht untadessn
Die Erd auf ihrn ogspertn Liabstn vagessn:
Und schickt ihr viel Liabsbriaferl oba und schreibt,
Auf daß eahm ihr Herzerl schön treu und worm
　　　　　　　　　　　　　　　bleibt.
Und d' Erdn, de legt sih für 'n Winta zur Rua,
Und deckt sih schön worm mit die Liabsbriaferl zua;
Aft kimmt wieda Lanz und da Blowaugad drauf;
Gibt da Liabstn a Busserl und weckt s' wieder auf.

Mei Christbam.

Ih han mih scho long auf die heilige Nocht
Dafreut, wie a Kind sih nur konn;
Jatzt loßts eng dazähln, wos ma 's Christkind hot
brocht,
Aft gib ih eng ah wos davon.
Die Berg und die Wiesn doscht drauß auf da
Woad,
Mit schneeweißn Tuach san s' bedeckt,
Und nit eppa oans, auf da frierlichn Hoad
San tausnd von Pamerln aufgsteckt.
Aufn Astn thoan funkln doscht drent und herent
Die silberen Zapfln, die hölln;
Und d' Liachtl, die obn doscht kan Herrgott ham
brennt,
De kunnt ih bei weitn nit zähln.
Und wia ih dos narrische Wunda thuä segn
— Do han ih a Freud wie a Narr,

Aft fong ih gleih on so zan Gamma*) und Spehn,
Wann eppa sinst ah noh wos war.
Und richti! Jo 's Beste, dos sind ih eng holt,
Gonz unt auf der Erdn is' 's glegn,
Wos is' 's dann? Nu, 's Herz is' 's, mei Herzerl
                             is' 's holt,
Dos mir da guat Herrgott hot gebn.
Und höba am Bam treibt a Zweigerl so liab;
Mit ollahand Bleamerln is' 's ziert,
Und dos is' nix onders, ols d' Jugend und d' Liab,
Jo, d' netta, wia s' aufwochst und blüaht.
Und dosht hängt an Apferl, so weiß ols wia
                             Schnee,
Und roth ols wia 's Röserl in Mai
— Geh, reiß mas nit oba, — die Gsundheit, juhe!
Ei, wort na, 's is' noh wos dabei!
Jo mei na, jo mei na! do kimmt scho noh wos;
Kennst nit die selbn Herzln am Glenk?
Die Herzn der Freunderln und Gönna san dos,
Von Christkind ols Extragschenk. —
Nit klean is' da Christbam, so groß ols wia
                             d' Welt,
Na, mean ih, do hot scho wos Plotz,
Und obn auf 'n Wipferl is' ah noh wos bstellt;
Wos konns eppa sein? Peutl, roths! —

---
*) Gucken

Doscht obn, wo uns 's Christkind die Liachtln hot
gmocht,
Für 'n Christbam, für 'n reichn, daweilln,
Doscht hots uns ganz hoamli noh 's Schönste
mitbrocht,
Dos sulln ma uns brüaderli theiln. — —
Wos wirds eppa sein? — No, da Himmel wirrs
sein?
— Jatzt, weil olle Astla sih biagn,
So steckn ma die ondern siebn Sochn holt ein;
'n Wipfl, den wern ma scho kriagn. —

's Schifferl.

Jatzt sitz ih do a gonze Stund
Und goff ins blowe Meer,
Dojcht schuadlt *) auf 'n Perlagrund
A Schifferl hin und her.

Und drina sitzt a prächtis Weib,
Dös trogt a liachte Kron;
An guldnen Gürtl um an Leib
Und locht mih freundli on.

Und winkt ma, daß ih kemma möcht,
Mit blitzand hoaßn Blick,
Und moant, ih sulls betrochtn recht.
Wer is' 's dann gwesn? — 's Glück.

Jatzt will ih springa schon hinein
Ins Meer, auf dos Gebot;

*) schaukelt.

Ah, denk ih mir, es muaß nit sein!
Und geh, und grob mei Brot.

Du wirst doh wegn den Schifferl nöt,
Dih stürzn gleih ins Meer;
Loß Zeit, wanns rechte Lüfterl geht,
So kimmts scho selba her. —

Der Weltlohn.

A Baur, der gang zu Summawend
Auffi in Wold um an Stamm,
Und weil eahm d' Sunn holt gor so brennt,
So legt er sih unter an Bam.
Es war an olter Opflbam
Mit broate Äst und Schottnsam.
Da Baur, der kimmt gleih z' schlof.

Er schloft so guat, er tramt so süaß.
Da Bam holt't treuli Wocht,
Loßt obafolln aufs woache Mias
Blüahblattln, vulla Procht:
Und deckn Schlofa müad und mot
Mit Opflbleamerln weiß und roth,
Und singt 'n a Gsangerl dazua.

Und wann a bösa Summastich
Durchs säuselnde Langsinlaub *) bricht,
So schiabt er sein a Blattl für,
Und deckt so dos schlofende Gsicht.
Und sitzt a Fliagn auf d' Nosn keck,
So jeikt **) er s' mit an Astl weg
Auf daß holt 'n Schlofa nix gschiaht.

Auf oamal wird da Himmel trüab
Und himmlazn †) thuats, 's is' a Graus;
Do broat da Bam in seina Liab
Die Astla weiter aus.
Es schlogt scho 's Eis, es rauscht da Regn,
Sein Gost, den darf beilei nix gschegn,
Sinst stürzad sih selba da Bam. —

Es schreit da Wulf, es kimmt scho d' Nocht,
Do wird 'n Bam scho völli bong;
Er streicht 'n Monn, bis er awocht
A rogls ††) Asterl üba d' Wong:
„Steh auf mei Gost, es is' scho Zeit,
Die finsta Nocht is' neama weit,
Und in Wold gibts wilde Thier!

---
*) Lenzlaub.
**) jagt.
†) blitzen.
††) zartes.

Jatzt steht er auf und nimmt sei Beil,
Und setzt's — an den goßtlichn Stamm!
Voll frischa Kroft hockt er a Weil,
— Do seufzt der orme Bam:
Dos Beil if' schorf, oh weh — ei ei!
An oanziga Stroach, — jatzt is' 's vorbei,
Er sinkt — er sollt — is' todt.

O Opflbam, hättst mih nur gfrogt:
„Wos hot der Monn in Sinn?"
„Geh, trau eahm nit!" hätt ih da gsogt,
O Bam, du bist heunt hin:
Für dos, daß du eahm Guats host thoan,
Setzt er dir 's kolte Eisn an.
— Dos is' da Lohn da Welt."

Die Doana und 's kloan Bacherl.

Die Doana rinnt schön stad und still
Durchs Thol dahin und plauscht nit viel.
Von Berg aba schiaßt a Wasserl oa *),
Dos rauscht und sauft und mocht a Gschroa.
Die Doana sogt: „Wos thuast dann du,
Daß d' gor so prohlst und gibst ka Rua?"
Dos Bacherl schreit: „Ih thua gor viel,
Ih treib a Wiagn und noh a Mühl;
An frischn Trunk, den gib ih ab,
Und d' Wiesn stärk ih wundaba.
Und du gehst stad und faul durchs Lond,
Und thuast leicht nix — is' dos a Schond!"
Die Doana moant: „Du holt dei Maul
Und los' ma zua, ih bin nit faul;
Wia ih jung noh war, han ih ah wos gschupft,
Und bin aufn Bergna umagbupft.

*) herab.

An Eisnhomma kommt a Mühl
Und noh a Hulzfog war ma G'spiel.
No, wann ma älta wird amol,
So muaß ma oba holt ins Thol;
Zwegn derantwegn därf ma nit ruahn,
Do gibt 's schon ah da meni z' thuan:
Muaß Lostn trogn und Leut viel Stuck,
Und de wölln vorwärts, Ondre zruck! —
Und grod zwegn den schaut noh nix raus,
Mein Orm, der richt schon ah wos aus.
Jatzt los' a mol, — hörst ka G'klirr?
D' Fabrikn sans, dos kimmt von mir.
Die Leut seckirn Oan wie a Vieh;
Wos eahna z' bös is', kimmt auf mih.
Ma hot sei Noth wol spot und frua;
Mei Bacherl, du warst zweng dazua.
Und daß d' ma glaubst, so kimmst jatzt mit,
— Du bist noh jung — geh prohl dih nit!

Da Lumpnkamerod.

Geh, bandl ma nur mit 'n Monjcha nit um,
Der is' a weng odraht und mocht oan noh dumm.
Gang z' nachst üba d' Stroßn, 's war neama gor
    frua,
Van Küahwojchanatzl war 's Fenjterl jcho zua.
Ih loandl und loandl a rantige Zeit,
Und da jaggerijch Monjcha hot gor jo jchön
    gjcheit. *)
So jüaß hat er gjchaut und jo broat war jei
    Gjriß,
Wia 'n Hiajl jei Pappn, wann er ondujlt is'.
„Du Loandla", jchreit er oaha**), „wo loandljt
    dann hi?"
„Dos woaß ih jcho jelba, wos kümmats dann
    dih!

*) gejcheint.
**) herab.

— 124 —

Du moanst, weilst an Schei host, so bist ah
	schon olls,
Unt ma sull da gleih hängen jeds Ding aufn
	Holz!
Unt weilst holt so dick bist, so bildst das schon
	ein,
Du thast da Bawolta von Mürzviertl sein."
„— Du dolkada Michl, wos muaßt dann so
	schrein,
Wärst selba gern dick und du möchst ah an
	Schein.
Daß ih heunt a weng vull bin, wos liegt dann
	do dron?
Geh abe in Keller und dusl dih on!
Unt wirst a weng damisch, so gib ih da d' Hond,
Aft wackln ma uma und gehn mit anand.
Unt steaglst *) mir eppa noh eini in Grobn,
Ih zinh dih schon aussa, zwe den wirds nix
	hobn!"
Unt 's Maulmochn konn er, der Schlangl, der
	liacht,
Unt für dera Zeit bin ih ah neama niacht.
Du findst mih ban Wirt auf da Schreibtofl obn,
Unt wann ih nit doscht steh, so — lieg ih in
	Grobn.

---

*) taumelst.

To kriag ih vorgestern von Monscha a
Schreibn,
Unr wörtli stehts drina: „Thuast übatreibn!
Moch ih eppa Schuldn? Ih dufl mih voll,
So oft ih mei Roat kriag, in Monat a mol!" —

Gottes Hochzeitfest.

Mailuft geht, Buam, loßts uns jubelirn;
Gehn ma auf d' Olm, wanns eng gfreut;
Lusti is's, d' Vögerl thoan musizirn,
's Maserl singt, 's Schneeglöckerl läut't.

Kerschbamblüahn fliagn eng wia d' Engela,
Tonzn' herum auf der Au;
Schifferlfohrn thoan d' weissn Wölkala,
Druntn in Thol glenzt da Thau.

Han long nit gwißt, wos doh de Procht bedeut,
Bis ma hot 's Engerl vatraut:
Gott da Herr hot heunt sei Hochzeitfest,
's Menschnherz nimmt er zur Braut.

's Wasserl in Wold.

Jn Wold bin ih gsessn, wo 's Hochwossa rinnt,
Und grauscht hot da Wildboch und gsäuslt da
                                        Wind.
A Weil han ih gschaut bei den Schwuabeln und
                                        Wogn,
Do hots dir auf oamol a Bleamerl hertrogn.
A schneeweisses Bleamerl, hätts mitnehma mögn,
Aba weiter is' 's gschwumma, hans neamamehr
                                        gsegn.
Han denkt: So is' 's Lebn, dos so gschwind uns
                                        varinnt.
— Und grauscht hot da Wildboch und gsäuslt da
                                        Wind. —

Mei Mürzthol.

Schöan bist, dos muaß ma da lossn, dir,
Und onschaust oan ah so valiabt und vanarrt;
Wannst ledi noh warst, na, ih müaßad dih hom!
Mih deucht, — wann ih dir ins Augerl schau;
Ins Wasserl, wias hell von Bergerl rinnt,
Und ih siah mih drein, — du host mih gern!
Und wann ih deine grean Wiesau siah,
Dei Fürta, und d' Waldla ols Joperl dazua;
Und hinta dein Bugl in Felsnloanstuhl,
Aus Silba gossn, und z' Nochts dazua
Gluatguldene Zurgn *) überoll dron!
Wia nobl — ah, saperalot noh amol!
Jo Weiberl, host dir dos olls selba kauft? —
Nu, und wannst so dostehst in Sunntagwandl,
Und schaust mih freundli on, so moan ih:
Es is' nit onders, du host mih gern!
Uh mei To, na! wos siah ih dann noh?

---
*) Zacken.

In da Tholn, wia weisse Oala *) in Nest,
Duckt sih 's Dörferl unta die Äpflbam;
Und auf 'n Kogl kloane Häuserla;
Leuchtn in da Sunn, wia Korfunklstoan!
Host dann scho Kinder und schaust noh so jung aus?
O, schöane Frau, jatzt kenn ih dih erst;
Jatzt woaß ihs, zwegn wos d' mih so ongschaut host;
Grüaß dih, grüaß dih, du bist jo mei Muata gor!
— No, und wos mocht dann da Poter ollweil?
„Mei Kind, da Bota wird nit so weit sein;
Du woaßt es jo so, er valoßt uns nit;
Mir geit er mei Sunntagwandl und olls;
Und dir, mei Kind, hot er a Menschnherz gebn,
Und die gonz Welt ols Futterol noh dazua!" —

*) Eierchen.

Da Teufelsstoan *).

Und weil du heunt auf d' Olma gehst;
No, 's Wetter is' dafür,
Und du so gern an Führa häst,
So geh ih holt mit dir.
Ih führ dih heunt zan Teufelsstoan,
Do is' 's a Bissl rar,
Und daß uns wird die Zeit nit long,
Dazähl ih dir a Mahr.

Du host doh gwiß von Engl ghört
Den Gott da Herr vajogt,
Dos hot jo in da erstn Klaß
Da Katechet scho gsogt.
Der Engl war a Kritikus
Hot ghobt auf Gott an Pick,
Hot gschrian: Mir wölln koan Kini nit,
Mir wölln a Republik!

---

*) Auf der Fischbacheralpe befinden sich drei übereinanderliegende Felsenklötze, welche im Volksmunde der Teufelsstein genannt werden und auf die sich folgende Sage bezieht.

Und fongt a Gschall, a Gspusi on,
Und mocht a schiachs Getöß,
Und führt in Himmel unschenirt
Mit Gott den Herrn Prozeß.
Gott Vota nimmt a tüchtige Pris':
Ih glaub, 's is' Revluzion!
Geh, Michl, geh, und jeik*) ma gleih
Den Kerl weg von Thron!

Ih sog da 's, a Krawal war dos
Mit Sabl, Spiaß und Spurn,
Und Luzifar, da Kritikus,
Hot endli d' Schlocht valurn.
Und weils de Massa Prügl regnt,
So fluigt er von da Stell,
Und tauisch üba Kopf und Loch
Bis abe tiaf in d' Höll.

Er mocht a Roas durchs neuge Lond,
Und krotzt sih hinta d' Ohrn.
„Zan Teufel!" sogt er „ih glaub gor,
Jatzt bin ih Teufel worn.
Und Feur und Rach und ollweil Rach,
Du hörst, dos bringt mih um;
Is' dos a Pech, na meina Seel,
A so wos is' ma z'dumm!"

*) jage.

Und tausnd Johr, viel tausnd Johr
San sid da Zeit vorbei;
Da Teufel holt nit länger aus
De schiache Sauerei;
Er stellt sih vor die Himmelsthür:
„Is' Gott da Herr heunt z' Haus?"
„O jo, er sitzt ban Fruastuck just;
Do kimmt er grod heraus."

„Bei meina Treu, do kimmt er jo:
Schamstr Diena, gnädiga Herr!
Bitte, lossn sih nit störn!"
„Ei, ei, wos will denn Er?"
„Holtn z' Gnodn, bin so frei,
— Kenna mih nit mehr?
Daß mir zwen do per Du san gwest,
Is' freili scho long her.

Es war nur zwegn a Kloanigkeit,
Daß mir uns selm ham z'trogn;
Ih mochs jo guat und bitt eng schön,
Wann ih's holt därfad wogn:
Do untn holts ka Teufel aus,
Vull siedand Pech und Horz:
Und denkns eahna, so a Rach!
Ih bin scho gonz kuhlschworz!"

„Jatzt hör er mol, er Luzifar;
Er konn die Höll nur erbn;
Er hot bei Putz und Stingl wölln
Mei Himmelreich vaderbn.
Und woaß Ers noh, Er folscha Ding,
Wie Er in Paradies
Die guate Eva hot vaführt,
Daß sie in Opfl biß!

Ih hob mirs zwor scho selba gschwurn,
Ih mog dih neamamehr,
Und dennah gibts a Mittl noh,
Daß du konnst kemma her:
In da Christnocht, wann dos Glöckl klingt
Zur Wondlung, 's erstemol,
So bau auf Erdn gschwind an Thurm,
Noh vor den zweitn Scholl;

Und host du, bis des Priesters Hond
Erhebt des Kelches Wein,
Den Thurm erbaut zum Himmelssol,
So bist du wieda mein!"
Da Teufel moant: „In zwoa Minut'n
A so an Bau aufführn,
Und bis zan Himmel, is' a Kunst,
Und doh, ih wills probirn."

Es kimmt die Christnocht, kimmt die Stund,
Den Teufel wirds scho z' braun:
„Ei, gor nix Bauerei studirt,
Und jatzt auf oanmol baun!"
A Kraxn, so zan Stoana trogn
Is' freili d' netta gmocht;
Er suacht sih aus 'n höchstn Berg,
Und luagt die holbe Nocht.

Jatzt — hörst es nit? — von Dörfl rauf,
Wias Glöckl klingt und klingt?
Da Teufel foßt an Riesnstoan,
Und noh oan drauf, und springt.
Und listi, wia da Teufel, suacht
Die höchste Spitz er aus;
Scho liegn drei Stoana anfanond,
A jeda wie a Haus.

Jatzt will er scho den viertn hebn,
Und klema, daß er 'n schwingt —
Malör! do bricht die Kraxn zsomm,
Und los' — dos Glöckl klingt.
„Ah, dos is' scho zan Teufelhuln!"
Bapfuscht, die Zeit is' aus.
Er fuhr in d' Höll und sit da Zeit
Kimmt er nit mehr heraus.

Ei schau, wia doh die Zeit vageht,
Van Plaudern so und so;
Warn neuli untn noh in Grobn,
Und jatzt, jatzt san ma do.
Du, schau a mol de Stoaner on!
Nit wohr, de san nit kloan?
Den Thurm hot holt da Teufel baut,
Drum hoaßt er Teufelsstoan.

Wos 'n Birndorfa Fohntroga possirt is'.

Die Birndorfa san a mol kirchfohrtn gonga,
Mit Steckn und Betn und Fohner und Stonga;
Und Büngl, ols wia die Zigeuna, ham s' trogn,
No, wia s' holt scho gehn thoan, wann s' d' Wind
   a weng plogn.
Do san s' a mol kemman auf d' Nocht, und dos spot,
In an oangschichtis Wirthshaus, zan Schlofngehn
   grod.
— „Jo, dobleibn künnts scho, wann 's holt liegn
   wöllts in Heu."
Da Fohntroga sogt: „Do bin ih nit dabei!
Ih han mih daplogt gonzn Tog und daschveert;
Han an Vorbeta gmocht, ma hot mih nochsinga ghört,
War der Erst in da Kirchn, hans Kreuz eini gführt;
Und d' Fohnstong is' a nit gring, wer s' hot probirt.
Drum möcht ih a Bett ham, Herr Wirth, wann
   oans war."
„O jo, in da hintern Stubn ham mar a por."

Da Natz loant sei Fohnstonga umi an d' Wond,
So hinta die Thür gleih — is' s' schön bei da
                                            Houd;
Und ißt noh a Mehlsuppn, daß 'n nit druckt,
Und gleih nocha is' er ins Bett eini gruckt.
Aft bett er uoh longsam sein Rosnkronz o,
Auf daß 'n nix gschiaht und nix onsechtn mo. —
Aba draußn in Stoll gehts viel lustiga zua,
Die Leutl, die jungen, gebn grechn ka Rua;
Do gelmts *) rar und pfugats **), dos Völkl dos
                                            z' nicht',
Daß 's Heu unta b' Hosn und b' Röck eini sticht.
Gschlofn wird weni, stehn auf schon um vieri,
Sie möchtn heunt noh auf Sankt Ness in die
                                            Kiri.
's is' freili wul finsta, da Weg der is' stoani;
Stulpern thoan viel, aba gfolln is' noh koani.
— Gebts Ochting, daß Koani ihr Breverl ***) nit
                                            bricht,
Sunst hätts aft koan Kirta, ös, dos wär' a Gschicht!
Wia da Fohntroga aufwocht, san s' olle davon;
Er schaut, daß er z'sommkimmt und nochlaufn
                                            konn.

---

*) scherzt es.
**) liechert es.
***) Heiligenbild unter Glas.

Da Teurl! bold hätt er fei Fohnstong vagessn;
Datoppts noh in Finstern und rennt ols wia
bsessn.
Er denkt eahm, da Fohntroga ghört jo voron,
Und heunt is' er hintn, der liabali Monn.
Zwo Stund muaß er laufn, da Natz in oan
Schmiß *),
Und 's war scho hellliacht, wia er nochkemmen is'.
Und wia f' 'n dasehn ham, lochn s' holt zwe —
„Na Natzl, wos trogst auf da Ochsl dahe?"
„Ös narrischn Leutl, wos wer ih dann trogn?
Kennts doh eppa d' Fohnstong, ehs ih engs muaß
sogn."
Und wia er dos sogt und so schaut a weng echt,
Do gibts 'n an Riß, daß er in Rudn solln möcht.
Wos hot er dann trogn und in Finstern datoppt?
Er hot gstott da Fohnstonga — d' Ofnschüssl
ghobt.

*) ununterbrochen.

Wos da Hiasl von Theater dazählt.

Meine Leut' wos ih han gsegn!
— Geh eini in a Zuaschauhaus, -
Do muaß ma gleih a Haberl *) zohln,
Na, denk ih ma, du, jatzt is' 's aus!
Und wia ih aba einikimm,
Do hots mih nocha neama greut,
Gschaut han ih, ols wie a Norr!
Is' dos a Procht, a Herrlikeit!

A Haus is' dos, vull Erlstoan,
Jo, unsa Haus is' just dagegn
Ols wie an olta Kälbastoll;
Na, Leutl, wann 's na dos hätts gsegn!
Do geht a grosses Tuach auf d' Höh,
A Tuach, wul uit a Seltnheit!
Aft kemman do gleih Herrn dahe,
Und streitn, wia die Bettlleut.

---
*) Ein Guldenzettel.

Muaß Dana a Solbot sein gweſt,
Er hot an tüchtign Sabl ghot,
Und fuchtlt ollweil hin und her;
Na, wia er aba gſchultn hot!
Jo, wann na to koan Unglück gſchiaht!
So denk ih ma, dos war a Schreck;
Und klewa, daß ih mas han denkt,
So haut er Dan in Schädl weg!

Du Herrgott! War jatzt dos a Gſchall!
Die Ondern ham noh glocht dazua;
Ih wüßt nit wia ih lochn möcht,
„Es ziachts eng", ſog ih, „gebts a Rua!"
Aft kemmen a por Madln he,
Die kurzn Kitterln standn guat;
He Saggera, war dos a Hetz!
A Gſicht hams ghot, wia Milch und Bluat.

Aft fongen ſ' noh zan Singen on;
A ſölchte Stimm, ös glaubts mas nöt;
Ih han mei Tog nix Schönas ghört,
Und bin doh ſchon an oltes Gfrött.
Han glaubt ih bin in Himmel obn,
Na Norr, ih ſogs, a ſölchte Freud;
A Muſi und a Jubilirn,
A Glachta, na, ih bitt eng, Leut!

Fünf Sechserln zohlt ma freili gern;
Zehni ah noh vor ta Hond;
Zohlt ma zwoa, so thuats es ah,
Kimmt mar aufn Ochsnstond.

A betende Jungfrau.

Rosnkronzbetn in Händn,
Schön hondsom, zaunbürr von da Gstolt,
Kniat draussn in Wold ban an Taferl
A Jungfräuerl, dreißg Johr erst olt.
Und flena thuats, wie a kloans Kind.
D' Händ holts weitmächti vanonda,
Ols wia wanns, woaß Gott wos, wullt fonga;
Und wia ihr da Schwitz aba rinnt!
Orms Kind!

Sie hot holt ah wos auf 'n Herzn,
Und traut ihr dos Ding nit recht z'sogn.
In Taferl sitzt Sankt Kulioni,
Und den will s' ihr Elend holt klogn:
„Ongst is' ma, 's Herz gschwüllt mir on,
Ih woaß ma scho gor neama z' rothn;
Du woaßt, wos a Weib nit kon grothn,
Ih bitt dih, vahilf mir an Monn!
An Monn!

Ih hätt schon oan kriagt recht an saubern,
Selm, wia ih zwoanzg Johr olt bin worn;
Ah, denk ih mir, kriag noh an Schönern,
Und han an nit gnomma, den Norrn.
Jaßt stroft mih da Himmel ah schon;
Daselbe hot gheirat hinüba,
Und ih, o du mein Gott, bleib üba,
Koan oanziga Bua und ka Monn
Schaut mih on!

Es gibt jo so viel schöne Manna,
Und grod für mih sull koana sein;
O Jesses, es is' zan vazweifeln,
So übableibn, dos is' a Pein!
Weil ma d' netta koan Zeitvatreib hot.
Und de oan nur kenna, thoan lochn,
Pfui Teuxl, is' dos a wilds Sochn!
Geh, gib mir an Monn, liaba Gott,
In da Noth!

Kolt wirds, da Winta kimmt uma,
Und ih han an oanzige Hüll;
An Monn muaß ih ham, sinnst dafruis*) ih;
Ih muaß, und gehts aussi wias will;
Ih sog enges, sinst bring ih mih um!

*) Erfriere.

Ohne Monn woaß ma nix z' mochn,
Gibts da koan Jux und nix z' lochn.
Die ledi bleibn möchtn, san drum
Wul dumm!

Ih bitt, wos ih imma konn bittn,
O heiliga Monn Kulion,
Thua du mih na doh nit valoſſn,
Und ſei ſo guat, gib mir an Monn,
Sinſt nimm ih dih ſelba; bins wert!
Drei Kirchfohrtn will ih varichtn,
Will foſtn, und ollahond Gſchichtn,
A Trum Speck wird dir ah noh verehrt;
Hoſt ghört?"

Und wia holt do b' Jungfrau ſo jammert,
Do ſogt zan ihr Sankt Kulion:
„Du Herzerl, ih konn das vaſprechn,
Du kriagſt ah dei Lebta koan Monn;
A ſölchte, wia du, iſ' koan werth!
Es Weiba thuats b' Manna juſt neckn,
War ih dei Monn, ih nahm an Steckn,
Und der wurd dein Bugl verehrt:
Hoſt ghört?"

Und bol d' Jungfrau dos hot vanohma,
Jo, do hots an Heschaza *) thon,
Hot gmocht noh an Gsegner, an tiafn:
„Schauts, kriag ih holt richti koan Monn!
So woaß ih holt ah wos ih thua;
Den Mannern z' Trutz geh ih ins Klosta,
Und bet 's gonze Johr Pata nosta;
So bring' ih mei Lebn heili zua,
In da Rua".

---

*) Seufzer.

Da Vazogte.

Da Seppl war scho long vazogt,
Ma hots nit gwißt, worum;
Er hot ka Wörtl gredt und gang
Fuchsteuflwild herum.
Er hot scho long an Strick in Sock,
Und gibt holt gor ka Rua;
Auf oanmol hot er 's Hackl mit,
Und rennt 'n Waldl zua.
Ih lauf 'n noch: er wird sih roh
Nix onthoan, der olt Tost!
Und wia ih 'n nochkim, schaut er kloan
Vazwicklt auf an Ost.
„Der wird scho recht sein!" brummelt er,
Und kraxlt aufi schnell,
„Um Gotteswilln, wos mochst dann, Sepp?
So denk doh auf dei Seel!"

— „Na jo" fogt er „weil ih koan
Orbat finft hon,
So muaß ih 's probirn, ih geh
— 's Pechhocku on."

Da Meßnabua.

Bitt eng, vageßts ma nit, richts mar a Grüaßl aus,
Wann 's a mol hinkemmts selm; einkehrts ban Hofnwirt,
Dos nebn da Stroßn steht, wo übers Bacherl sel' Brüderl is'; 's Bankerl ah, grod nebn an Lindnbam,
Wo ih und d' Miazerl raneh so gern gsessn san,
Und um die Betläutzeit — freilih, dos wißts ös nit.
Frogts na gleih d' Meßnerin, wo dann 's sel Platzl is',
Wo s' vor an etla Johrn 'n Meßnabuabn prüglt hot. —
Ih han den ah noh kennt, 's war a Hallodri!
D' netta ban Hochomt, do is' er gor monla *) gwest,

*) männlich.

Hot mit sein hülzaran *) Trüherl viel Kreuza
triagt.
„Justament ös nit?" so hot er zan Menschan gsogt,
„Därfats wul ah wos gebn, daß t's Olle Manna
triagts."
Wann er aft t' Liachtl ban heilign Donatius
Unt bei die ondern Bawesa dazuntn hot,
Hot er in letzta Zeit gsiepert **) wia Lämmer=
schwoaf.
Kronk wird er doh nit sein! Jo, 's is' eahm grod
a so;
's is' 'n da Kopf so rar; reißn unt zuckn thuats;
's wird doh ka Käfa durchs Ohrwaschl einisein!
Dos grod nit, aba die müllnerisch Miazerl is' 's;
De steckn drein iu sein Kopf unt da Meßnabua
Bringt s' ah nit aussa und denkt, so sull s' drina
bleibn!
— 's war grod a Somsterobnd; d' Sunn is' schon
untn gwest.
„Geh Bua", sogt d' Meßnerin, „'s is' scho die
Betläutzeit!
Ziah a weng öfter on, morgn is' Donatitog,
Daß uns da Schaur nit schlogt unt ka grobs
Wetta kimmt!"

*) hölzernen
**) gezittert.

Drauf lauft da Meßnabua lüfti da Kirchn zua;
Aba kan Lindnbam — wia scho da Teufl spielt —
Sitzt die schön' Müllnerin, flecht grob an Lärchn=
kronz,
Kimmt auf 'n Hocholtor, weil morgn Donati is'!
„Därf ma nit frogn a weng, wos dann do d'
Jungfr mocht?"
Sogt da jung Meßnabua; „Mogst eppa helfn ah?"
Moant die schön Müllnerin. No, und so gibt holt
gleich
Dan Wörtl 's ondere. Setzn sih nohad *) zsomm;
Plaudern von Wetter und wia heur da Hoba steht;
Wia viel da Bota, da Müllna, von Metzn stiehlt;
No, und wern Butta schleckt, der für 'n Donati
kimmt,
Aftn ham s' hoamli gredt. —
D' Stern san scho long ban Zeug, stelln sih schön
vorweis zsomm;
D' Frösch hört ma ah von Teich und noh die
Kirchthurmuhr.
„Jessas!" schreit da Meßnabua, „'s is' scho die
höchste Zeit!"
Rennt zu sein Glocknstrick, reißt, daß olls scheppern
thuat.
„Mari und Josef, na, wo mogs dann brenna heunt!"

---

*) nahe.

Schrein a por Baurn dahe und der olt Müllner
ah.
„Peter, wo is' dann 's Feuer grod jatzt um Mitter=
nocht!" —
Aft loßt da Meßnabua longsam sei Strickl aus.
Brenna thuats freili wul, aba sei Herzerl brennt;
No, und so hot er die Zeit holt vagessn drauf.
Nu kimmt erst d' Meßnerin; bringt an schön
Steckn mit:
„Wo bist dann jatzta gwest, schlechta Hallodri!"
— 's is' schon a longe Zeit sid dera Somstanocht,
Aba ih woaß 's noh so guat, wia wann s' heunt war
gwest.

Schreibfedern.

Ih han mei Lebta scho viel gschriebn;
Und wos ih mit den Zeug han triebn!
Und bol is' 's zlong und bol is' 's zschlecht,
Und bol is' 's den und den nit recht!
Ih glaubs nit, daß ih rappeln sullt;
Ih moan holt, es san d' Federn Schuld.
Ma kriagt jo grechn koane ah
De oan grod recht für d' Finga wa.
Do nimm ih dar an Gansfstiel,
So mei, der schnottat gor so viel,
Und mocht da von a Kloanigkeit
A Gschroa dahe, a longe Zeit.
Und nimm ih d' Federn von a Taubn,
So gluck ih ollawei von Klaubn;
Und konn da Liabn nit firti wern
Und schreib — von Schnobeln gor so gern.

A stohlene is' ah nit guat,
Weil i' gor so trotzt und stechn thuat;
De hot da so a schorfe Schneid,
Daß jeda Leser „Auweh" schreit.

Da Hulzknecht. *)

So wohr is' 's holt roh, unt jatzt kenn ih mih aus.
Na, grüaß eng Gott oll mitanond in den Haus!
Is' dos nit b' Frau Muata? Jo, sei wird sie 's
    schon;
Und dos da Herr Vota, ma siaht eahms wul on!
Hobts ma nix f'r übel, daß ih kloan daflickt
Dahe kimm, es hot sih holt grod a so gschickt.
Gestern in Feirobnd, do ham ma so gredt:
„Du," sog ih zan Moasta „ih han a rechts Gfrött."
„So?" sogt da Moastaknecht, „na wia kann dos?"
„Jo" han ih gsogt, „mei Famil wird ma z' groß.
Ih han scho drei Buabn und da viert kimmt no
    noh;
Zan Teuxl hinei, wer daholtads dann do!"
„Na, dos is' nit viel" sogt da Moastaknecht drauf,

---

* Zum Namensfeste der Frau Ottilie Dawidowsky, Hausfrau des Pensionats für Studirende der Handelsakademie in Graz.

A fünfi, a sechs zücht mar ollweil noh auf.
Do woaß ih in Graz unt" so schreit er in Sturm,
„A bluatjunge Frau, hot scho vierasechzg Buam?"
„Geh, geh, wos d' nit redst", sog ih „plausch mih
nit on!"
„Na, wannst mas nit glaubst" sogt er drauf, „so
geh schaun.
Und morgn is' ihr Nomenstog, möcht ah dabei sein,
Do wirds wieda lusti, wann s' ollesommt schrein:
„Hoch, Muata, hoch, sullst long lebn und olt wern,
Bist unsa liabs Muaterl, mir ham dih so gern!"
„Teuxl!" sog ih, „do muaß ih hin und ih thats;
Und wanns mir an Fünfa kost, ih geh auf Graz!
Und doh muaß ih frogn und ih kenn mih nit aus:
Därf Unseroana eini und zuahörn in Haus?"
„O jo" sogt da Moasta „dos lossn s' dih gern;
Wannst nur an Rehbock häst, kunnst ihrn verehrn!
„Du, dos war woul guat", sog ih, „wann ih oan
hätt;
Aba wann ma nix schuiffn därf, is' 's holt a
Gfrött!" —
Und gwogt han ihs doh und gruit hots mih nit,
Und ih bring eng an Gruaß vo mein Obalond
mit. —
Es kemmts ma bekonnt fü, ih han eng scho gsehn;
Jo mei Do! In Summa seids obn ban uns gwen.

Gelts, a schöans Lond is' und a gmüatlis dabei,
Wann mar ah Kröpf ham, dos schenirt nit so gleih!
Na, mih gfreuts, daß eng gfolln hot und daß eng
guat geht,
Ih wünsch eng viel Glück zu Olln, wias liegt und
wias steht!
Die Buabn schaun schöan frisch aus, san ah scho
recht groß,
Wern tüchtige Hulzknecht a mol, ora wos!
Na, seids na recht brav, ös Kampl, und geats
Nur amol aufi zan uns um an Sterz!
Und ös, Frau Muata, daß 's gsund bleibts und
gwiß!
Ih sogs nit, weil heunt enga Nomenstog is;
Ih sogs, weil ös 's wert seids, und weil mirs
wölln hobn;
Viel Gsundheit und longs Lebn kann eng jo nit
schodn!
Da Herrgott dalaubts scho, ih woaß, wos ih thua;
Ih krotzn scho 's Goderl, bis er Jo sogt dazua!
Jatzt pfüat eng, schöan Gott, ih muaß hoam in
mei Hütt;
Da Hulzknecht, da Peterl, vergißt eng gwiß nit!

An olte Urkund.

’s mocht sih nit recht guat, wann da Mensch alloan is'. Da liabe Gott hot gleih z' erst dron denkt. — Du Droml, hot er gsogt, geh leg dih amol nieda und loß da wos guats trama. Dos hot sih der Drom nit zwoamal segn lossn; gleih is' er auf da fauln Haut glegn. Und wia er schloft, schleicht da Herrgott schöan stad in Strümpfn zuwi, und zupft 'n Droml a wengerl bei da Schlofhaubn. Der schnorcht. Jatzt kitzlt 'n da Herrgott a wengerl am Ellbogn; der Droml schnorcht weita. — Datoppst mih scho long nit! sogt da liabe Gott zu sih selba, und kehr um d' Hond, hot er a Rippn herausn. Jatzt moch ih eahm a Weiberl, hot er sih denkt. Und a Tausndkünstler is' da liabe Gott scho vo Jugnd auf gwest; olls, wos er ongfongt hot, is' 'n vo da Hond gonga. Aba jatzt, zu so an Weiberl für 'n Menschn hot er sih extra recht z'sommnehma wölln — dos wird mei Moastastuck, hot er sih denkt. A gonze Stund hot er gorbeit, so, daß 'n scho da Schwitz üba b' Nosn grunnen is'; unr enrli is' 's firti gwest, bis auf r' Englseel, de er ins Herz rer Frau Oromin legn hot wölln unr bis auf die Zung. Und nu hot sih da guate Herrgott dahaut. Er hot die Zung z'erst gmocht, und klewa*), daß 's Weib dos gspürt, fongts zan schrein und scheppern on üba die Keckheit, daß ma ihr rohs Fleisch ins Maul glegt hot, weckt 'n Orom auf unr so hot da liabe Gott neama Zeit ghobt zu rer Englseel, unr hot in ra Gschwindigkeit a menschliche ins noglneuge Herzerl einigsteckt. Nocha hot er die jungen Leut bei da Hond gnomma, unr hot gsogt: Oroml, ro host a Diandl! Unr rer Oroml is' gleich in rer ersten Nocht fensterln gonga.

*) kaum.

Da Steirer vor da Himmelthür.

'S is' rnetta ums Sunnaufgehn. Da Petrus legt sei Feirtajankerl on, kamplt sein weissn Vort aus, setzt sih aufs Schammerl vor da Himmelthür und trinkt sein Kaffee. Er mocht a hantigs G'sicht dazua und brummt: hot die Köchin scho wieda 'n Zucka vagessn! Wia er do so drein schaut, siaht er weiter untn in Gros an Fremdn liegn. Is' gwiß a Hondwerksbursch, denkt sih da Petrus und schreit obe: He! Se, wer hot Ihna 's dann dalaubt auf unsa Wiesn z' faullenzn? Wos san dann Se für a Strabanza! — Der Dan draht sih amol üba, und wetzt sih d' Augn aus und goamatzt. *) — Möchtn leicht gern in Himmel eini! — Jo! moant da Fremd und goamatzt wiera. — Wos san S' dann für a L'ondsmonn? — A Steirer bin ih! — A Steirer! Na, is' scho recht; kimm nur eini, für d' Steirer ham ma ollaweil Plotz; holt a wengerl, ih mach die groß Thür auf; da Gott Vota hot für eng extra oane ausbrechn lossn — zwegn die Kröpf. — Da Steirer bleibt steahn, stopft

---
*) gähnt.

schöan stat sein Pfeiferl, schlogt a Feur unt moant nocha:
Ih hätt wul noh recht a schöane Bitt, Herr Thürwogl *)! —
Aussa damit, Olta, wos druckt dih dann noh? — Wann
do drein doh eppa zwoa Platzl warn? — Zwoa; zu
wos zwoa; bist jo alloan. — Da Steirer thuat 'n Schwomm
ins Pfeiferl, druckt mit 'n kloan Finga 's Deckl zua, zieht
on, und wias brinnt, sogt er: Na, woaßt, 's kimmt holt
noh wer noch; schau mei Diandl kimmt noh noch. —
Wos, zan Teufl eini! schreit da Petrus, na, na, Olta,
sölchane Dummheitn gibts bei uns nit; hörst, die schlog
dir na gleih aus 'n Kopf; Liablei'n kinna ma nit brauchn;
host mih vastondn? — Pfüat Ihna schön Gott, Herr
Petrus! — Wos? Ih moan gor, du willst furt; wos
host dann? — Jo, Herr Thürwogl, ih geh — sogt da
Steirer gonz trauri — wann ih mei Diandl nit mit=
nehma därf in Himmel, aftn mog ih selber ah nit eini —
sans nit bös! — Da Petrus schaut 'n Buabn zua, wia
der schöan stab owesteigt, und beutlt sein weissn Kopf a
wengerl. — Na, brummt er nocha zu sih selba — bin
scho gleih zwoa tausnd Johr do, oba so wos is' mir ah
noh nit possirt; jatzt bring ih den Kerl in Himmel nit
eini! Aba furtgehn loß ih 'n doh nit. — He da! bring
dei Diandl na mit, Bua, mir ham scho für dos ah no a
Platzl do herobn.

*) Thorwart.

A Gschicht auf gfrurnen Mias.

Ih han 's nia recht glaubn wölln, daß in da Matini nocht a jeds Thierl redn kou wie a Mensch, bis ih selba grod a mol dazua kemma bin, wia cahna a drei Gselln auf 'n steanhordt gfrurnen Mias bauond giessn san und plaudert ham: grod völli, wia mir, wann ma noch da Suppn ban Spinna san.

Ih schleich mih dasi zuwi und gam. — Dasehn därfn s' dih nit! denk ih ma, sinst laufn s' olle drei davon. So han ih s' ougschaut und oglost *). Dana von de drei Gselln war a Himmelskäfa, da zweit a Weinfolta, und da dritt a longa, zeckfoasta Regnwurm.

Noch 'n erstn Grüaßdihgott gegnauond, sogt da gidrummlar **) Himmelskäfa. „Aba hörts, Vettern, dos is' a bißl a schlechts Wetta; 's gfriern oan jo gredn ***) d' Flügl zsomm."

*) behorcht.
**) buntgestreifte.
***) geradezu.

„Mir gehts ah nit bessa!" moant da gscheckat Wein=
folta. „Jatzt hört sih 's herumgolstern bold auf; ih denk, 's
Gscheidere is', mir schaun uns um a Wintaquartier um!"

Da Regnwurm muaß sih sein Thoal denkt ham;
er is' schön kloan zsommgschloffn.

„Na, du kloana Himmelskäfa, du", moant da
Weinfolta und hüllt sih kamod in sein Montl, „dazähl a
mol, wos host dann du eigentli in Summer üba thon?"

„Ih?" frogt 's Käferl noh, und steckt 's Köpfl aussa,
„Kindsmadl bin ih gwest. Siagst 's Baurnhaus selm,
wo da Rach aufsteigt, doscht hoaßts dan Holtabarn. Da
sel Baur hot a zwoajahrigs Bűabl, und dos orm Wuzerl
hot in Moht und Schnitt ollaweil müassn alloan z' Haus
in da Wiagn bleibn, weil b' Leut olle auf 'n Feld zthoan
ghobt ham. D' Muata hot 'n vorn Furtgehn noh an Zuzl
ins Maul gsteckt, daß da Kloan gor nit schrein hot kinna
und zschlof kemmen is'. — Du olte Trutschn, du pressirte,
han ih mir oft denkt, dir kunnt ma wol ah bei Schepper=
mühl zuaschoppn, wannst mit dein Monn und mit da
Kuchlbian schepperst und greinst die gonze, liabe Zeit. —
Da Kloan aba hot ma recht dabormt, daß er a so a
Zongen zan a Muata hot und han eahm, wann er munta
worn is', a wengerl vorgspielt und han hin und her
gsimulirt, wia ih 'n kloan Schlucka helfn kunnt. 's
Fensta war offn; so bin ih eini gflogn, han mih vor da
Wiagn aufn weissn Ofn gsetzt und han ollahond G'spoaß

gmocht, bis ra jung Holtabar endli z' lochn onghebt hot.
So hau ihn untaholtn bis d' Leut hoamkemma fan; aftn
han ih mih wieder in d' Wond vaschloffn und bin erst 'n
ondern Tog, wias furt warn, wieda füra gonga. — So
bin ih Kindsmensch gweft und erst jatzt, wo d' Leut
rahoam fan, bin ih deanstlos worn. Ih vakruich mih nu
unta d' Wurzn do; vielleicht kriag ih aufs Johr wieda
neugn. Deanst kan Holtabarn; da Kloan springt zwor
scho, aba mih zieht, 's if' wieder an Onderer in Kemma.
So, jatzt woaßt es. Nu, und was haft dann du 'n letztn
Summa triebn, Weinfolta?"

„Ih" sogt da Weinfolta drauf, „ih war auf Roasn.
Wia da Schnee weggongen is', war ih noh a Raup und
d' Leut ham mih gor nit recht mögn. Aba, wia ih mih
auspuppt han und mit mein Pfingstsunntagwandl in
d' Welt auffigflogn bi, ham f' mih scho liaba ghabt.
Da Reid if' freili a nit ausblieben und viel ham mih a
Schneiderseel *) gschimpft. Ondre ham mih gor spiessn
wölln und ih han mih zwegn meina Schönheit nit recht
untern Leutn blicken lossn därfn.

Bin die moast Zeit in Wäldern umagschwanzlt.
Han a mol grod ah auf an Aftl mei Nochthiaba **)
gnomma; bin aba klewa fingalong gfessn, kemma zwoa
junge Leut, a Mandl und a Weibl, dahe und setzn sih

*) Bezeichnung für Schmetterling.
**) Nachtherberge.

grob unta mir aufs Mias. Mih hats gist, daß ollaweil hoamli mitanonda grebt ham und 's war doh sinst ka Mensch do. Ih hans nit lossn kinna, bin obe gflogn und hob 'n zwoan grob vor da Nos'n umatonzt."

„Aba du, wann s' dih gfongt und gspießt hättn!" moant 's Himmelkäferl.

„Geh, wos dir nit einfollt, zwoa Baliabte san sein Lebta nit gfährli; miak da 's. — Ham sih ah gor nit schenirt vor mir und 's Diandl hot zan Buam gsogt: Bist ah a so a gscheckara Weinfolta; gib Ochting, daß dir nit amol d' Flügl vabrennst! Da Bua hot glocht und hot ihr a Bussl gebn. — Aft ham s' mit anonda a Liadl gsunga von Liabn und von Heiratn und von ollahond Lustbarkeitn, und ih han daweil fleissi um die Zwoa rumgspeanzlt, bis d' Sternbln blinzlt ham; aft san s' a jeds auf an ondern Weg ins Dorf gonga und ih han mih wieda auf mein Astl gsetzt. Steht klewa drei Wochn on, klingen auf 'n Kirchthurm olle Glockn und a Schor Kranzljungfrauna und Burschn in Sunntagwandl gehn vorweis durchs Dorf, voran Musikantn und in da Mittn 's sel Porl von Wold. Dos hot mih so gfreut, daß ih ah zuwi gflogn bin, und mih auf 'n Brautkronz gsetzt hon, bis eahna da Pforra 's Kapitl glesn hot. — Aufs Johr fliag ih wieder ins Dorf und frog, wia 's 'n zwoan geht. In Winta schau ih mir do in Wold um a Platzl um: mir wird recht zeitlong wern!"

„Schau, schau", hot drauf da Himmelskäfa gmoant, „Du bist auf dein Roasn a rechta Schmetterling worn. — Aba, Moasta Regnwurm; wos sogst dann du dazua, wia host dann du dih in Summa durch unterholtn?"

Da Regnwurm is' gonz kloanlaut und sogt nur: „Ih han a Restaurazion eingricht." — Dos wundert die Ondern und sie frogn: „Jo, wo dann und für wenn dann?" — „In da Hirnscholln des Dorfrichters, den s' in Fruajohr begrobn ham. Olle Würma da Nochbarschoft speisn ba mir. Wann 's a mol Zeit hobts, so bsuachts mih, Bettern, ban linkn Aug is' der Eingong. San ma olle drei beisomma, speisn ma 's Herz auf, wird a guata Bissn sein. D' Leut hom zwor gsogt, 'n Dorfrichta sei Herz war a Stoan gwest, aba uns wird 's scho schmeckn. Abieu derweil, wann 's ins Dorf kemmts, so grüaßts ma d' Leut und schickts ma bold wieder amol a Truchn vull aussa. — Auf Wiedasehn!"

So hot da Regnwurm gredt und hot sih ast longsam in d' Erdn bohrt. Da Himmelkäfa wischt sih d' Augn aus, aba 's Tröpfl, das er gwoant hot, wird schon zu Eis und 'n Weinfolter is' so kolt, daß er d' Flügl gor neama rührn konn; er möcht wieder a Raupn sein. —

Inhalts-Verzeichniß.

	Seite
Da Steirer	1
Mei Morgngebet	3
's Liab von Jagahansl	4
Da steirische Bua	8
D' Somstanocht	9
's is' woul a rechts G'frött auf da Welt	13
Da Kritisira	16
Expressi	19
Doppelta Prozeß	21
Wos d' Liab oll's is'	23
's luckad Herz	25
A Körberl	26
In Herzerl	28
Da Mai, da schöan Mai	29
Därf ih 's Diandl liabn?	30
's Busserl	32
Nächstnliab	34
Aba nit z' viel	35
Sogts, wos ih eppa thät!	36

	Seite
's is' nit so gfährli	37
An orme Seel	39
Wann 's bricht	41
Da todte Jaga	42
Am Hochzeitstog	44
Nur um koan Todtn woan	45
Da Weichslbarn-Suhn	46
Ollahond Bittlleut	47
So viel Liab han ih ah!	49
's is' 'da Brauch a so!	50
Wann ih ka Diandl hätt	52
Auf a mogers Diandl	53
An olts Mittl fürs Oltwern	54
So gfollts ma	55
Da Hüttlbua	56
Da Vota und sei Suhn	58
's Liachtl am Fensta	59
's Pfüatdihgottnehma	60
Z'wegn dein Kröpfl wegn	61
Londsleut!	62
Holzknecht-Wunsch	63
Wos da Maurermichl gsogt hot	64
Zither und Hackbrettl	65
Wos d' glaubst	66
Mei Herzerl is' a Dampfmaschin	67
Blow	68
Segn zan Ausgong	69
Mein Muaterl dahoam	70
's Pfeiferl	71
Grob a Reiche	73

	Seite
Der Ahndl ihr Tram bau kloan Ahndl sein Wiagei	75
Mei weisses Lamperl	81
's Stückl Brot und sei Gschicht	82
A por Wörtl an meine Londsleut	87
's is' a Kunst	91
D' Apotheln fürs kronk Herz	92
D' Erbschoft	95
's Erbguat	97
Der Omashaufn	99
D' Schneck	100
's Neberl	101
's Brautpfoadl	103
Olmglüahn	106
Da vierblattlad Klee	108
Wos da Regnbogn bedeut't	110
Da Blowaugad	112
Mei Christbam	113
's Schifferl	116
Der Weltlohn	118
Die Doana und 's kloan Bacherl	121
Da Lumpnkamerod	123
Gottes Hochzeitfest	126
's Wasserl in Wold	127
Mei Würzthol	128
Da Teufelsstoan	130
Wos 'n Birndorfa Johntroga possirt is' . . .	136
Wos da Hiasl von Theater dazählt . . .	139
A betende Jungfrau	142
Da Vazogte	146
Da Meßnabua	148

	Seite
Schreibfedern	152
Da Hulzknecht	154
An olte Urkund	157
Da Steirer vor da Himmelthür	159
A Gschicht auf gfrurnen Mias	161